中国古代文学简史

刘跃进 马燕鑫 著

文艺通识丛书

张江 主编

中国社会科学出版社

图书在版编目（CIP）数据

中国古代文学简史/刘跃进，马燕鑫著.—北京：中国社会科学出版社，2019.1
（文艺通识丛书）
ISBN 978-7-5203-3804-2

Ⅰ.①中… Ⅱ.①刘…②马… Ⅲ.①中国文学—古代文学史 Ⅳ.①I209.2

中国版本图书馆 CIP 数据核字（2018）第 292167 号

出 版 人	赵剑英
责任编辑	张　潜
责任校对	郝玉明
责任印制	王　超

出　　版	中国社会科学出版社
社　　址	北京鼓楼西大街甲 158 号
邮　　编	100720
网　　址	http://www.csspw.cn
发 行 部	010-84083685
门 市 部	010-84029450
经　　销	新华书店及其他书店

印刷装订	北京君升印刷有限公司
版　　次	2019 年 1 月第 1 版
印　　次	2019 年 1 月第 1 次印刷

开　　本	880×1230　1/32
印　　张	6.5
字　　数	125 千字
定　　价	45.00 元

凡购买中国社会科学出版社图书，如有质量问题请与本社营销中心联系调换
电话：010-84083683
版权所有　侵权必究

总　序
让文艺知识走进千家万户

组织这套"文艺通识丛书"的目的，是让文学知识走出专业研究的殿堂，来到人民大众之中。习近平总书记《在文艺工作座谈会上的讲话》指出："社会主义的文艺，从本质上讲，就是人民的文艺。"人民大众需要文艺，也需要关于文艺的知识。

在工作之余，可读读小说，看看电影、戏剧，也可背古诗、听朗诵、看展览，欣赏歌曲、练书法，参加各种艺术体验活动。在生活中，文学艺术无处不在。但是，爱好文艺，并不等于就懂得文艺。古今上下几千年，东西南北几万里，积累了大量的关于文艺的知识，这是人类文明的重要成果。学习这些知识，是理解沉积在作品之中的意蕴，提高审美水平的重要途径。然而，专家的著述难懂，所讲的知识隐藏在繁杂的论证之中，所用的语言艰涩并时时夹杂许多专门术语，还涉及众多人名、地名和陌生的历史史实，使一般民众难以接受。专业学界与人民大众之间的藩篱亟需推倒，高冷的文学学术与民众的文艺热情之间的鸿沟之上必须架起桥梁。想提高文艺鉴赏水平，还是要听听专家们怎么说，但专家也要说得让大众听得懂。

时代在改变，新的时代，新的经济生活方式，新的技术条件，也促使人民大众的文艺生活发生着深刻的变化。文学艺术遇到了新情况，应该怎么办？一些西方学者提出了"文学的终结"和"艺术的终结"的观点。这种"终结观"，实际上反映的是文艺与审美的关系，文艺与作为其载体的媒体间关系，以及文艺与所反映的观念间关系这三重关系的变化。因此，文艺要适应新情况，理解文艺也需要新的知识。让人民大众掌握关于文艺的知识，让人民大众了解当代文艺的新情况，这一任务的必要性，在当下显得越来越迫切。

用通俗易懂的语言，讲文艺知识。将专家研究成果的结晶，化为人民大众的文艺常识，这种工作其实并不容易。要做到举重若轻，通俗而不浅薄，前沿而不浮躁，深刻而不晦涩，是非常难的一件事。我们组织这套书的原则是，请大家写小书。我们所邀请的作者，都是学术界相关领域的著名学者。他们学养深厚，对学科的来龙去脉有深入的了解，同时，在学术上，既能进得去，又能出得来。我们的目的是，用人民大众看得懂的语言，搭起一座座从专业学术通向人民大众之间的桥梁。

总序　让文艺知识走进千家万户

这套丛书的读者定位，是广大的干部群众，文学艺术的爱好者，非文学艺术专业的各行各业的从业者，以及文学艺术专业的初学者。这是一个范围广大的群体。当然，这套书不是教材，不像教材那样板着面孔，用语端庄，体例严谨，要求读者端坐在书桌前仔细研读。我们希望这套书能语言活泼，生动而有趣味性，像床头读物一样，使读者在轻松的阅读中，获得有关文艺的知识。

发展"人民的文艺"，就要使文学知识走向大众。实现国家富强、人民幸福的中国梦，需要文化繁荣，需要普及文艺知识。让更多的人爱好文艺，了解文艺，让文艺知识走进千家万户，这是我们组织这套书的初衷。

张　江

2018 年 8 月

目　录

第一章　先秦文学

（前16世纪—前247年） ……………………（ 1 ）

第一节　先周时期的中国文学 ………………（ 2 ）

第二节　周代礼乐文化的典范——《诗经》………（ 8 ）

第三节　历史散文与诸子散文 ………………（ 12 ）

第四节　屈原与宋玉 …………………………（ 21 ）

第二章　秦汉文学

（前247年—220年） ………………………（ 25 ）

第一节　秦代文学 ……………………………（ 25 ）

第二节　汉代的大赋 …………………………（ 28 ）

第三节　史著巅峰——《史记》与《汉书》………（ 35 ）

第四节　政说与论著：两汉思想家的文学表达 ………（ 39 ）

第五节　歌诗、乐府与汉末五言诗的兴起 …………（ 44 ）

第三章　魏晋南北朝文学

　　　　（220—589 年） ………………………………（48）

　　第一节　魏晋文学 …………………………………（49）

　　第二节　南朝文学 …………………………………（56）

　　第三节　北朝文学 …………………………………（64）

第四章　隋唐五代文学

　　　　（589—960 年） ………………………………（70）

　　第一节　隋及初唐文学 ……………………………（71）

　　第二节　盛唐文学 …………………………………（78）

　　第三节　中唐文学 …………………………………（85）

　　第四节　晚唐文学 …………………………………（93）

　　第五节　唐五代词及通俗文学 ……………………（98）

第五章　宋辽金文学

　　　　（960—1279 年） ……………………………（103）

　　第一节　宋诗 ………………………………………（103）

　　第二节　宋词 ………………………………………（111）

　　第三节　宋文与小说 ………………………………（120）

　　第四节　辽、金、西夏及其他民族文学经典 ……（126）

目 录

第六章　元代文学

（1279—1368 年） ……………………………（131）

第一节　元代杂剧 …………………………………（132）

第二节　南戏的兴起 ………………………………（138）

第三节　元代散曲 …………………………………（141）

第四节　元代诗歌 …………………………………（145）

第五节　元代小说与散文 …………………………（150）

第七章　明代文学

（1368—1644 年） ……………………………（153）

第一节　明代诗文 …………………………………（154）

第二节　明代戏曲 …………………………………（159）

第三节　明代小说 …………………………………（163）

第四节　传奇小说与话本小说 ……………………（168）

第八章　清代文学

（1644—1911 年） ……………………………（172）

第一节　清代文章学 ………………………………（172）

第二节　清代诗歌 …………………………………（178）

第三节　清词的复兴 ………………………………（184）

第四节　清代戏曲 …………………………（187）

第五节　清代小说 …………………………（192）

第六节　俗文学的繁盛 ……………………（197）

第一章 先秦文学

（前16世纪—前247年）

中国文学起源于神话传说时代，但其源头已消隐于远古的云烟之中，极目遥望，偶见粼光片闪，令人遐思。据考古资料，最早的文字记载大约在公元前16世纪的殷商时代，继而历西周、春秋、战国，直至秦嬴政登位，是为先秦时代。

"文"本义为交错的花纹，因此，在造字之初，"文"便具有一定的装饰性意义。形式之文必须依附于内容之质而存在并产生意义，因此，在文与质相辅相成的历史演进中，中国人充分认识到了文质相称的重要意义。正是在这种精神的启发下，中国文学由此孕育、产生。先秦文学"文质彬彬"的血脉基因深刻地影响了中国文学的发展方向。

先秦时代的文学处于浑沌未分的状态，首先是文学的观念尚未明确，其次相应地，其文学作品是以文、史、哲，歌、舞、乐浑沌合一的方式产生和发展起来的。同时，先秦文学与宗教、政治有着密切的关联。无论是殷商时代的甲骨卜辞，还是周代的礼乐之文，均在祭祀与为政中起着重要的作用。至于《周易》"修辞立其诚"的观念，更是深深地融入了中国文学的血液之中，铸就了中国文学的品格，也规定了中国文学的基本走向。

第一节　先周时期的中国文学

上古时期文字资料流传极少，但出土的文物，如陶器、石器、岩画等，却展现了早期文学艺术的璀璨光彩。原始艺术的蕃衍不仅表现在雕塑、绘画方面，音乐、舞蹈、诗歌等在当时的发展情况也如此。青海大通上孙家寨出土的一件马家窑文化舞蹈纹彩陶盆，所绘群舞的画面，姿态飘逸生动，富有韵律和节奏感，表明当时舞蹈艺术的发展已达到较高水平。另外，浙江河姆渡等地出土的陶埙，河南庙底沟发现的陶钟，则标志着吹奏乐器和敲击乐器都已发明出来。除了出土文物，传世文献也零星记载了一些先民歌舞的场面。如《吕氏春秋·古乐》保存了文献资料中迄今为止最早的"葛天氏之乐"，其中"三人操牛尾投足以歌八阕"，反映了原始艺术起源时期质野、粗犷的风格以及载歌载舞的艺术特点。《礼记·郊特牲》记载一首据称为伊耆氏时的《蜡辞》："土反其宅，水归其壑，昆虫毋作，草木归其泽。"这是一首具有明显咒语性质、带有浓厚巫术色彩的祝辞。《吴越春秋》记载的《弹歌》，总共只有四句、八个字"断竹，续竹，飞土，逐肉"，以简朴的笔调描绘了先民狩猎的情景。这些早期的文学艺术的萌芽，具有十分珍贵的价值。

作为起源时期的文学，除了与乐舞关联的歌谣之外，神话传说也是先周文学的一个重要组成部分，保存了丰富资料的《山海经》是其代表，此外《诗经》《楚辞》《淮南子》《列子》也记载了相当多的神话传说。

女娲补天造人是流传最广的一则神话。据《淮南子·览冥训》记载，天塌地陷后水、火、猛兽、鸷鸟对人类造成危害，女娲为拯救人类于灾难之中，于是炼五色石以补苍天，断鳌足以立四极，杀黑龙以济冀州，积芦灰以止洪水。女娲补天的过程来自人类对生存经验的想象，但当它们借助于神话特殊的表述方式呈现出来之后，便具有了异常雄伟的气魄。《风俗通》记载的"抟黄土作人"也是影响很大的一则传说。书中叙述天地开辟时尚未有人民，女娲抟黄土作人，劳累不已，乃引绳于泥中，举以为人。故富贵者为黄土人，贫贱者为绳泥之人。这则神话不仅反映了早期人类对人类起源的认识，同时也有对不平等的阶级现象的理解与解释。

《山海经》中还记载了许多关于英雄人物的故事，如黄帝与蚩尤大战，蚩尤请风伯、雨师纵大风雨，黄帝乃请天女旱魃，止息大雨，遂杀蚩尤。再如大禹治水，禹的父亲鲧负责治水，偷取天帝的"息壤"，试图堵塞洪水，但被天帝所杀。鲧死三年，尸体不腐，腹中生禹。大禹继承父职，改变堵塞的方法，采用疏导之法开山泄水，终于治水成功。《淮南子》中还记载了涂山氏之女与大禹的爱情故事。大禹治水时，化作熊开山，偶然被送饭的涂山女发现，于是她恐惧之下跑到嵩山之下化为石头。这个时候她已有孕在身，追过去的禹大喊一声"还我儿子！"于是石头朝北破开，夏启就出生了。在大禹治水的英雄神话中，穿插进他与涂山氏之女的爱情故事，穿插进开山送饭的情节，就让英雄神话表现得非常富有浪漫色彩和生活情趣。还有夸父逐日的故事，夸父追逐太阳，路上口渴，饮尽了黄河、渭水仍不够，又往北方的大泽，渴死途中，他的手杖化为邓林。这个传说反映了天下大旱时，夸父为驱旱而逐日，最终未捷身死，体现了浓厚的英雄主义色彩。

《山海经》中的神话以怪诞离奇著称，但在怪异之中，往往又蕴积着很深的思想意义和强大的启示力量。这些故事，作为十分宝贵的文化遗产，给很多作家的创作带来了丰富的灵感。东晋陶渊明写了《读〈山海经〉》诗十三首，歌咏"精卫衔微木，将以填沧海。刑天舞干戚，猛志固常在"。《红楼梦》开篇以女娲炼石为原型来展开整部小说的叙事。这些都说明

《山海经》确实是一座文化宝藏。

从古书中所保存的许多片段来看，我国古代神话传说不但内容丰富，而且充满奇情异彩，但春秋时代以后，这些片断的神话资料，也在不断地"历史化"进程中被改变得面目全非。司马迁的《史记》也以神话传说"缙绅先生难言之"而对其进行了删弃或改造。因此完整保存下来的很有限，不能不说是中国文学的一件憾事。

歌谣与神话传说在传播方式上有一个共同特点，即都是通过口传的方式保存下来，直到书写方式发展起来之后，才被记录下来，留存至今。文字，传说为黄帝时期的仓颉所造，但从出土文物看，商代的甲骨文是我国目前所能大量见到的较早文字。文字书写源于实用的需要，因此，最早的书写文字，就是在实用性书写中产生和发展起来的。

甲骨文是目前所能见到的最早的相对完备的书写形式。按照内容可以分为五类：第一类为卜辞，第二类是与占卜相关的记事刻辞，第三类是与占卜无关的特殊性和一般性记事刻辞，第四类是表谱刻辞，第五类是习刻之作。其中卜辞是殷墟甲骨文的主体，约占甲骨文的99%。因此可以说，甲骨文是占卜决疑的专用文体。从写作格式来讲，一片完整的卜辞，要包括叙辞、命辞、占辞、验辞四个部分。从文辞例法来讲，则形成了一些固定的辞汇、套语和常用的语法结构。载体物质条件的限制，决定了甲骨卜辞特殊的写作格式和文辞例法。它需要用尽量简约的文字，表达更加丰富的内涵，因此从表达方式来看，甲骨文语言表现出了条理精练、叙述严谨的书写特点。正是在甲骨卜辞这种特殊的实用文体的写作过程中，商人锻炼了自己的文字表达能力、叙事描写能力，也培养了自己的思维能力和逻辑能力，甚至还掌握了一定的审美性文辞。这些突出的特征推动了中国古代散文的写作与发展。

除甲骨卜辞，钟鼎文也是早期书写文体的一种重要形式。从现存青铜器来看，殷商早期的铜器极少有铭文，中期才有简单的铭文，晚期有了较长的铭文，最多不过40余字。到了周代就出现了许多文辞非常精美的铭辞，这些青铜器多数是在周人发迹的宝鸡岐山地区被发现。其中最著名的是西周晚期的《毛公鼎》，刻有铭文499字，记载了周代国君的丰功伟绩，感叹现时的不安宁。铭文还叙述了宣王委任毛公管理内外事务，拥有宣布王命的大权，并教导他要勤政爱民、修身养德。毛公将此事铸于鼎上，以资纪念和流传后世。1963年在宝鸡发现的"何尊"为西周早期作品，底部有铭文，其中有"宅兹中国"铭文，首次提到"中国"二字。2003年发现的《逨盘铭》，不仅记述了中国第一部完整的单氏家族史，同时也记录了完整的西周断代史。铭文以单氏家族的八代祖先为主线，穿插了与其对应的十二位天子。这种巧妙的行文布局可谓匠心独运。

第一章 先秦文学

除了甲骨文、青铜铭文之外，最能代表早期书写文学水平的，是载于竹简的简策文，此以《尚书》为代表。《尚书》原称《书》，汉代以后称为《尚书》或《书经》，是我国最早被纳入经典序列的重要典籍。其主要内容是距今两千三百多年至三千年间封赏诸侯、任命官员的诰命、出兵征战的誓辞以及王室颁布的政令等，是虞夏商周的重要文献。比如《尚书·虞夏书》中的《甘誓》，就是一篇夏启征讨不服统治的有扈氏的战前动员演说。这一篇誓辞简洁明了，直截了当地陈述了有扈氏的罪行、奉行天命的征伐，以及对于是否执行命令的奖惩。后世的誓辞基本上都采用了这样的模式。《盘庚》三篇，则是商代的盘庚在迁都前后针对当时贵族的反对与民众"相与怨上"的情绪而做的演讲辞。因为迁都关涉盘庚乃至整个商族的命运，故盘庚的演讲辞感情充沛，言辞尖锐而充满威慑力。尽管《盘庚》文辞古奥，但是，来源于生活经验的质朴语言往往具有无限的生命力，其中的"有条不紊""星火燎原"等成语，至今仍被频繁地使用。周人立国之后，诰命之文持续出现。周初的《大诰》《洛诰》等，文字和《盘庚》一样佶屈聱牙。这种风格到周康王初年的《顾命》创作时发生了一定的改变。《顾命》一文以清晰的条理记述了周成王的死和周康王即位仪式的进行过程，叙述井井有条，文字错落有致，是周代记叙文的典范之作。

第二节　周代礼乐文化的典范——《诗经》

与《尚书》同被视为"德义之府"的《诗经》，比《尚书》更集中地体现出"郁郁乎文哉"的周代礼乐文化特征。作为周代礼乐制度的组成部分，《诗经》作品的创作、流传与结集，更直接地体现了与周代礼乐制度共呼吸、共命运的共生关系。

《诗经》分为风、雅、颂三类，因其演奏的乐器不同而有体裁的分别。"风"为国风，是15个诸侯国的乐曲，包括《周南》《召南》《邶风》《鄘风》《卫风》《王风》《郑风》《齐风》《魏风》《唐风》《秦风》《陈风》《桧风》《曹风》《豳风》。从音乐上讲，"风"，指各地的乡乐、土风，具有浓郁的地方色彩。其中"二南"是乡乐中伦理地位比较特殊的一类。周、召二公岐南采地的乡乐，以"南"为主要乐器。周公制礼作乐时用作王室房中之乐、燕居之乐，故又被称为"阴声"。东周初年周平王重修礼乐的时候，"二南"被提升为王室正歌，具有与其他国风不一样的地位。"雅"分《大雅》《小雅》，是朝廷之乐，是用于天子、诸侯朝会宴享仪式的乐歌。之所以分大、小雅，是由于二者的演奏方式不同。"雅"最早指一种鼓类乐器，因为周人总是以夏人后裔自诩，"雅"

与"夏"在声音上的相通,就使得原本作为乐器之名的"雅",具有了指代中原正声的文化意义。"颂"包括《周颂》《鲁颂》《商颂》,是天子祭祀之乐的专称。"颂"的得名,与一种名"庸"(镛)的大钟关系密切。"庸"不仅仅是一种乐器,它还是成功与王权的象征,在当时人的意识中有着特殊的意义。"颂"的作用主要是"以其成功告于神明",是天子祭祀之乐的专称。因鲁国的始封者周公辅佐成王,平定天下、制礼作乐、功勋卓著,特准享用天子之礼,因此有《鲁颂》。

《诗经》共存诗305篇,其产生时代为西周初年到春秋中期。从现存作品的时代分布情况来看,周代诗歌史上曾经出现过5个可以被称为诗歌创作高峰的历史阶段。第一个高峰时期出现在从周武王克商到周公制礼作乐的西周初年。这一时期的乐歌作品可以被区分为两种类型:纪祖颂功之歌与宗庙祭祀之歌。前者如《大雅·文王》《大明》《绵》等,后者如《周颂·清庙》《维天之命》《维清》《武》《桓》《思文》等。这两类诗歌相互配合,应用在相应的祀典仪式上。第二个高峰期,在周代礼乐制度走向完备的周穆王时期。周穆王时代是周代礼乐制度真正成熟和完善的时期,需要更多的乐歌配合。于是,在这一时期出现了一批用于各种祭祀典礼的仪式乐歌和歌功颂德的乐歌。如祫祭先王的《雝》,祭祀昭王的《载见》,歌颂文王、武王文功武绩的《大雅·文王有声》以及歌颂周穆王的《大雅·棫朴》等。这一时期乐歌创作的另一个重要贡献，是出现了专门用于燕享仪式的燕享乐歌，以《大雅》中的《行苇》《既醉》和《凫鹥》为代表。燕享乐歌的出现，是燕享礼仪走向成熟的结果和表现，由此开启了中国燕乐文化的先河。第三个高峰期出现在宣王中兴时期。这一时期的诗歌，内容比较丰富，有赐命、歌颂立功将领的颂功之歌，有籍田典礼上使用的籍农乐歌，有燕享乐歌，还有以征役者之思为内容的诗歌，更是周代诗歌史上的一个新现象。宣王重修礼乐活动中的乐歌整理活动，是周代文化史上最后一次以仪式歌奏为主要目的的乐歌编辑活动。这次结集的意义突出地体现在"变雅""变风"作品的收录，不但丰富了《诗经》的内容，还推动了颂赞之歌与讽刺之诗的合流。于是诗教开始突破乐教的束缚走上独立，向着以德教为中心的阶段发展，中国诗歌史上影响深远的"美刺"传统开始确立，中国的政教文学由此进入一个全面发展的崭新时代。第四个高峰期是在宣王短暂中兴之后，幽平之际二十多年战乱的时期。这一时代诗歌创作的一个最重要的主题是讽刺时政、感时伤世，抒发处身于黑暗昏乱社会中所产生的忧惧、绝望之情。这是先秦时代讽刺诗兴盛的时代，对后世诗学影响深远的"诗言志"的观念，大致就是在这一时代确定下来的。第五个高峰期出现在春秋中前期。该时期讽刺诗衰落，与之相伴的是，注重抒发个人情怀与感受的各国风诗蓬勃兴盛。

《诗经》基本记载了西周初年到春秋中期历史文化的方方面面。在礼崩乐坏的春秋末年,当执政者失去了恢复周道、重修礼乐的意识与能力时,以天下为已任的孔子,便主动承担起恢复和弘扬周人礼乐文化的历史责任。《史记·孔子世家》记载了中国文化史上著名的"孔子删《诗》"一事。孔子在对《诗经》的整理过程中,主要做了三方面的工作:增删诗篇,调整次序,雅化语言。由此,《诗》之定本最后形成。孔子删《诗》是《诗经》形成史上最后一次对诗歌文本内容与结构的编辑调整。

《诗经》的艺术成就及对后代文学的影响是多方面的。首先是赋、比、兴的表现手法。赋,是铺陈其事,直接言之。比,就是比喻,以彼物比此物。这在今天仍是常常被使用的一个主要修辞手法,包括比喻与象征。兴,是借助其他事物作为诗歌的开头。《周南·关雎》:"关关雎鸠,在河之洲。窈窕淑女,君子好逑。"前两句就是起兴,后两句引导本意。其次是叙事简洁生动,且具委婉曲折之妙。如《大雅·绵》《生民》等叙述周人历史,都能突出某一重点,加以较细致的描述,形象而生动,避免了流水账似的罗列。第三是用多种手法表现抒情主人公的形象。如《王风·黍离》描写一个忧心忡忡的人,在原野上徘徊,看着那因风而舞的禾苗,感慨万千,情不由己。作者所抒写的不仅仅是离愁别意，还有一种说不出的愁绪。每一位读者都可以根据自己的体验去把握它，去理解它。第四是《诗经》中的语言形式特点，包括重章叠句、反复咏叹，以及从一言到八言句式的多变的语言形式。在当时语言发展的水平上，这种多变的句式为诗歌的发展作了许多有益的探索。其中五言句、七言句对后来五言诗、七言诗的形成，不用说有一定的启发与影响，其他句式对后来之诗歌创作，尤其是体式的丰富和新诗体的产生也有一定影响。

第三节　历史散文与诸子散文

春秋战国时代，是中国历史发生剧烈变革的时代，也是思想文化大发展的时代，以散文为主体的书写文学因此迎来了一个繁荣昌盛的发展阶段。大体来说，春秋战国时代散文的发展经历了三个阶段，一是春秋末期到战国初期。该时期"天子失官，学在四夷"，私门开始出现了著述的事业。诸子书中出现了《论语》《老子》等，历史著作中的《左传》《国语》，大约都是这个时期出现的。这个阶段的散文都是用近于当时口语的文字写成，它们大都写得明白晓畅，和西周时期誓辞、诰命的诘屈聱牙完全不同。二是战国中期。这个时期各国兼并战争更加激烈，士阶层大为活跃，诸子百家争鸣达到了最盛的阶段。诸子散文得到了极大的发展,《孟子》《庄子》等非常有文采的诸子著作是其代表,都有很高的文学价值。三是战国末期。经过了一个时期的兼并战争,六国日益削弱,秦国日益强大,逐渐吞并诸国。这时的思想家如韩非等努力地为新的王朝的统一做准备。他们的思想都比较切合当时的实际,注重抽象说理,主题明确,结构更加严密完整,代表性的著作有《荀子》《韩非子》等。历史散文《战国策》所记历史故事也发生在这个历史阶段。

这一时期的历史散文主要有《国语》《左传》和《战国策》。这些著作历史事件详实、人物形象鲜明、语言生动而富个性。它们既是先秦重要的历史典籍,同时也是先秦文学史上的重要成果,对推动后世文学的发展具有典范性的意义。

《国语》一书,从司马迁开始就被认为是左丘明的"发愤"之作。但从其书的内容来看,它更像是一部史料汇编。据文献记载,先秦存在着载言记事的传统,而且在春秋以后,这种传统已经突破"君举必书"的限制,成为普通人的行为习惯,由此留下了丰富的语类史料。《国语》便是在此基础上编撰而成的。全书共21卷,分周、鲁、齐、晋、郑、楚、吴、越八国,每一国别内大略依时代先后,排列记载了大约五百年间的事情。从整体来说,《国语》记事没有系统性,只是有重点地记述了若干历史事件。其内容也比较庞杂,对于古今政纲、礼制、祭典、先王遗制、神话传说，乃至占相卜筮之辞，都有详细的记录。书中所表现的思想也颇为驳杂。除儒家思想外，它还兼容墨家、法家、道家等学派的思想。《国语》的文学价值主要表现在善于记言，而且引经据典、善用排比，不但使论述委曲详密，分析深入透彻，而且加强了文章的气势和语言的感染力。这是该书语言的重要特征。

《春秋》据传是孔子所著的一部经书，通过记述史事而寓托了孔子褒贬时事的"春秋笔法"与"微言大义"。因为蕴含于"春秋笔法"中"微言大义"的"不可书见"，必然造成孔门弟子"各安其意"的解说与传承，于是，在《春秋》的传承历史上，就出现了著名的"《春秋》三传"：《春秋左氏传》《春秋公羊传》《春秋穀梁传》。其中《公羊传》《穀梁传》是专门注解《春秋》的著作，二者均采用问答体的方式解释《春秋》的"微言大义"。而《左传》的写作宗旨是要为《春秋》的"微言大义"提供事实基础，要通过倾向性明确的历史叙述，为《春秋》的笔削之文提供有据可循的历史事实。这是《左传》记事最鲜明的特点。

在《左传》叙事中，对战争的叙事最具代表性。《左传》记载战争，非常关注战争的性质以及导致战争发生的原因，对于战争的具体过程的记述大都围绕这个中心展开。这样的叙事角度，就为战争过程的描写赋予了深刻的意义，耐人寻味。

第一章 先秦文学

《左传》记事，善于通过人物的语言和行动表现人物的性格。而且，它能够在历史的发展中写出人物性格的前后变化，给人留下深刻而生动的印象。《左传》在一些细节的描写方面也有较高的成就。它非常善于用寥寥几笔叙写人物的言行与心理，从而使这个人物的整个精神面貌栩栩如生，跃然纸上。《左传》还善于记载行人辞令，使以行人辞令为代表的语言艺术达到了前所未有的高度，这也是《左传》在语言艺术上能突破前人，取得令人惊叹的文学成就的历史原因。

《左传》是我国第一部叙事详细、完整的历史著作，发展和完善了《春秋》的编年体式，在保存丰富史料、成为史学典范之作的同时，从方法上为历史叙述提供了丰富的写作经验。通过富有文采的历史叙述表达倾向性明确的史学观念与立场，也为后世史家所继承，成为中国史学传统的鲜明特点。与此同时，《左传》还是一部具有经典意义的文学作品，为后世叙事文学的发展奠定了坚实的基础。

《战国策》是战国末年至秦汉时期人所纂集的一部书。起初被称为"国策"或"短长"，"战国策"作为书名，是西汉后期刘向整理图书时才确定下来的。《战国策》不是"一家之言"，而是对战国纵横家策谋之辞的纂集。尽管书中策士们的巧言辩辞充满了机心算计、挑拨离间而被后人诟病，但它的语言艺术达到了当时所能达到的最高水平，也最大程度地体现了纵横家游说王侯的语言习惯。与《左传》的沉懿雅丽相比，《战国策》的语言表现出了恣肆辩丽的特点。此外，《战国策》也记录了不少很有意义的历史故事，如《齐策》"邹忌讽齐王纳谏"，叙述邹忌劝齐威王广开言路的故事，叙述得轻灵而细腻。而《燕策》"燕太子丹质于秦亡归"写荆轲，写得沉雄悲壮，尤其是一曲"风萧萧兮易水寒，壮士一去兮不复还"的悲歌，饱含着充沛浓烈的感情，人物形象饱满，几欲呼之而出，感动了无数的读者。

以《国语》《左传》《战国策》为代表的历史散文获得巨大发展的时代，以士阶层为依托的知识分子或聚徒讲学，或著书立说，于是，当时的思想文化领域出现了"百家争鸣"的局面。《汉书·艺文志》将其分为儒、道、阴阳、法、名、墨、纵横、杂、农、小说十家。其中在文学史上能占有一席之地的，主要是隶属于儒家经典的《论语》《孟子》《荀子》等书，道家经典有《老子》和《庄子》。此外，法家的《韩非子》、墨家的《墨子》等亦常被论及。这些著作，后人称之为"诸子散文"。

《论语》和《孟子》分别代表了战国初期与战国中期儒家著作的基本形态。《论语》是一部由孔子的弟子后学编辑的，辑录孔子及其弟子言语的语录体著作。《论语》中的孔子，是一个思想深沉、举止端庄的大哲学家、大教育家的形象。作为一个有着积极入世精神与济世情怀的思想家与践行者，孔子也提出了自己的救世主张。其主张的根本出发点，用一个字来概括，就是"仁"。在《论语》中，"仁"是一个被反复询问和阐述的概念，它是一种道德准则，是一种最高的人格理想。《论语》保存了研究孔子及其弟子思想的第一手资料，它以生动的语言、细节的记述逼真地再现了孔子及其群弟子的形象与性格。如严正坚毅、爱憎分明、备受挫折仍积极进取的孔子，此外如子路之率直、颜回之甘贫、子贡之聪敏、曾参之笃行，都在《论语》中得到了形象的反映。对群弟子性格的刻画以及群弟子对孔子的景仰与赞美，从另一个侧面衬托出孔子作为一个伟大教育家的人格与胸怀。

《孟子》是孟轲和他的门徒所作的一部著作。孟轲，战国中期邹（今山东邹县）人，是孔子之孙子思的再传弟子。继承孔子仁学理论，孟子提出了"仁政"主张，并提出了"民贵君轻"的思想。书中对于执政规律的深刻揭示，对后世的统治思想产生了深刻影响，并发挥了客观的历史作用。与《论语》相比，在语言技巧方面，《孟子》有了明显的发展。它不再以简约含蓄取胜，对于人物的描写也有了一些比较精细的刻画。《孟子》中也有一些篇幅较长的雄辩之文，非常善用比喻、寓言来说明深刻的道理，前者如《告子上》的"鱼，我所欲也"，后者如《离娄下》"齐人有一妻一妾"。《孟子》

还提出颂读《诗》《书》要"知人论世"(《万章下》)、"以意逆志"(《万章上》)的主张，这在文学史上具有重要的意义。

《老子》和《庄子》是道家学派的代表著作。《老子》相传为春秋末期老子所著。老子姓李，名耳，字聃，春秋时楚国苦县（今河南鹿邑县）人，做过周王室的"守藏室之史"。传世本《老子》共81章，分上下两篇，"道经"在前，"德经"在后，故后世又称之为《道德经》。作为先秦道家的奠基之作，《老子》以"道"为核心，试图建立一个囊括宇宙万物的哲学体系。这一哲学体系的博大精深，不仅表现在宇宙生成论上，更表现在朴素的辩证法中。《老子》与《论语》，是先秦王官之学"六经"之外深刻影响中华文化基本性格的两部著作。与《论语》相比，《老子》的语言在简约之外更加凝练、含蓄。《论语》多为孔子应答弟子之语，切近日常生活，而《老子》则多格言警句，更善于从具体的事物中抽象出深刻的哲理。而且，这些格言警句式的哲理表达中，又往往包含着深刻的情感体验。四言是《老子》最常使用的句式，除此之外，他还非常善于通过比喻，使微妙玄通的哲理变得可视、可闻、可感。《老子》各章都有一个比较明确的中心论题，因而可视为一篇具体而微的哲理论文。因此，从文章技艺上说，《老子》已表现出谋篇布局的意识。这种意识经过一定时期的积累与发展，在《庄子》中就已经表现得相当成熟了。

第一章 先秦文学

《庄子》是庄周和他的门人后学的著作合集。庄周,战国中期宋国蒙城(今河南商丘县东北)人,曾做过蒙城漆园吏。庄子博学多闻,涉猎各家学说,终以老子之言为依归,著书攻击儒、墨之徒,以阐明老子学说,由此有了《庄子》,也有了深刻影响中华文明发展方向的老庄哲学。《庄子》现存33篇,由"内篇""外篇"和"杂篇"构成。其中"内篇"为庄周自撰,"外篇"和"杂篇"出自其门人后学之手。《庄子》在文学上主要是以寓言故事见长。庄周认为世人"沉浊"不可以"庄语",故以"恣纵而不傥"的"寓言""重言""卮言"等方式来表达他的思想。"寓言"指有所寄托的话,"重言"指为世人所尊重的话,"卮言"指随和人意、无主见的话。这一类言辞汪洋恣肆、气势壮阔、瑰丽诡谲、想象丰富,表现出了浓郁的诗情与浪漫色彩。《庄子》善于通过细致传神的描绘书写人物的动作情态,这一特点在"外篇""杂篇"中表现得尤为显著,如《徐无鬼》"匠石斫垩",《外物》任公子"为大钩巨缁"钓鱼。《庄子》一书汪洋恣肆、诡谲奇特的想象与刻画,与同出战国的纵横家恣肆辩丽的游说之辞一起,对后世文学的发展产生了极为重要而深远的影响。

《荀子》和《韩非子》是战国晚期的两部重要著作,前者属儒家,后者属法家。荀子,名况,战国末年赵国郇(今山西临猗县)人。时人尊称为荀卿或孙卿,生卒年不详,大约生于公元4世纪末,可能一直活到秦灭六国之后。《荀子》一书,以隆礼义、治当世的伦理政治观为中心,构筑起了一个以儒家经典为中心的、包含了自然观、历史观、人性论等丰富内容的学术与知识的完整体系。《荀子》中的大部分文章,都有明确的论旨与能揭示主旨的篇题,各篇布局严整、体制宏大、分析详尽。这说明专题论文形式的散文到荀子时代已最终形成。其中的《天论》《礼论》《乐论》等,明确以"论"为题,围绕着"天""礼""乐"展开论述,开创了以"论"命题的新文体。《荀子》中的文章以平稳、切实、全面、谨细见长,同时其议论性文字表现出了浓烈的感情。荀子的内在激情表现在语言形式上,一是广泛地设譬取喻,二是频繁地排比、偶句。除论文外,荀卿还写过《成相》和《赋》两篇韵文。"赋"作为文体名也导源于此,也正是由于"赋"被荀子首次用作篇名,荀子才与屈原一道,被推上了"辞赋之祖"的位置。

韩非(约前295—前233),战国末年韩国公室子弟,他与李斯同学于荀卿。韩非是先秦诸子中最后一位思想家。作为法家思想的集大成者,韩非提倡"法""术""势"并重的法制思想,强调以法为本,明法、任势、用术,这是保持君权、统御群臣、治理国家的根本途径。《韩非子》中,除《说林》和《储说》等是故事、传说的类辑之外,其余各篇都是专题论文。韩非的文章锋芒尖劲，其针砭时弊的峻刻风格与法家的刻薄寡恩有其内在的一致性。《韩非子》区别于先秦诸子的一个重要特点，是他不仅利用寓言和传说来推论说理，而且还大量收集、整理、加工、创作了许多寓言故事并分类汇编，在寓言成为一种独立的文学体裁的过程中发挥了重要的作用。

作为墨家学派的代表著作，《墨子》也值得一提。该书是墨家学派创始人墨翟的言行录，为其弟子及墨家后学所记。墨翟，春秋末战国初宋国人，一说鲁阳人，曾任宋大夫。《墨子》虽不重文采，整体风格为"意显而语质"。但是在对话体的结构中，每一篇都首尾完备、条理明晰，有很强的逻辑性。而且，在记述有情节、有人物的历史故事时，能通过情节以及人物的动作、对话，营造出戏剧性很强的叙事效果。如《公输》中记载公输盘与墨翟的攻守之斗。

第四节　屈原与宋玉

楚国在周代本属南方蛮夷之邦，其文化也表现出浓厚的地方色彩。春秋时代，楚文化吸收了周代的礼乐文化，塑造了楚国文明的独特形态。在楚文化的滋养下，培养出了屈原、宋玉等作家，并成就了楚辞、楚歌这一深刻影响中国文学的体裁。

屈原（约前340—前278），名平，楚国贵族出身。屈原生活的时代，是楚国由强转弱的时代。屈原早年在怀王时曾担任左徒一职，他"明于治乱，娴于辞令，入则与王图议国事，以出号令；出则接遇宾客，应对诸侯"（《史记·屈原贾生列传》），深受楚怀王的信任与重用。之后受到上官大夫的谗毁，被楚怀王疏远，此后又被流放汉北。楚怀王客死秦国后，屈原再次遭谗，被流放于江南，最后自沉于汨罗江。

《离骚》是屈原的代表作，作于其流放汉北期间。面对国家的衰弱，面对楚怀王的软弱与多变，遭放逐而失意的屈原难平心中的忧愤之情，遂以"离骚"为诗题写下这首名垂千古的抒情长诗。全诗共375句，2456字。诗中叙述了屈原的家世、政治上的遭遇及其政治理想和矛盾苦闷的心情，并通过幻想描写其周游天地的情景。《离骚》多用"比兴"，但和《诗经》中的"比兴"完全不同。多见于其中的"江蓠""辟芷""秋兰""芰荷""芙蓉"等幽花香草，不只是作为比兴的物象，更是其高洁品质的象征。这些意象的使用，营造出一个奇丽浪漫的幻想之境。善用比喻与象征是此诗写作的最大特点，"香草美人"的比兴手法，将深刻的政治内容借助具体生动的艺术形象表现出来，极富艺术感染力，体现了具有深刻现实内容的积极浪漫主义精神，对后世文学的发展产生了深远的影响。

除《离骚》外，屈原还创作了《九章》《九歌》《天问》

《招魂》等流传千古的优秀作品。《九章》包括《惜诵》《涉江》《哀郢》《抽思》《怀沙》《思美人》《惜往日》《橘颂》《悲回风》9篇作品。这些诗多直写胸臆，表现了思念乡土的感情，文笔比较朴素，浪漫主义成分较少，和《离骚》的感情奔放、色彩斑斓不同。在思想内容上，和《离骚》一样，一方面抒写诗人的理想，同时揭露和批判楚国的黑暗政治。《九歌》是一组在楚国民间祭神乐歌的基础上完成的体制独特的抒情诗，仍然保留了祭歌、舞、乐一体的特点。这是一组清新凄艳，幽渺情深的抒情诗。它是以流传于楚国民间的神话故事为素材写成的，其中利用了民歌的素材，融入了民歌的情调。其浪漫主义色彩，和《离骚》中的上天入地、激情澎湃不同，它写了神和人一样的悲欢离合。《天问》以四字句为基本格式，两句或四句为一组，针对自然现象、神话传说、历史故事、天命人事等各个方面，一口气提出了170多个问题。其新颖独特的构思、铿锵有力的节奏、激越慷慨的感情、韵散相间的文字，使诗歌表现出了重要的文学价值。《招魂》是屈原为追悼客死秦国的楚怀王而作的。在表现手法上，该诗以善于铺陈而著称，无论是"外陈四方之恶"，还是"内崇楚国之美"，极尽夸张之能事，其词藻之美、文采之盛，开创了汉赋铺采摛文、体物写志之先河。

屈原的创作深刻地影响了中国文学史，从汉代的贾谊、司马迁,到唐朝的李白、杜甫,一直到现代的鲁迅、郭沫若,历代有成就的文学家,无不受到屈原的影响。屈原的作品,是中国文学史上继《诗经》之后的又一座高峰。《诗经》以"观风俗"的现实主义成为后人学习的榜样,屈原的作品则以文词惊艳的浪漫主义"衣被词人"。"骚"得以与"风"并肩,成为古人为后世诗歌创作所悬出的两个最高的标准,对我国古代诗歌的发展具有特殊的意义。

屈原之后,重要的楚辞作家,有宋玉、唐勒、景差等人。但后世有作品流传且有一定影响的,只有宋玉一人。宋玉的主要作品有《九辩》,以及《文选》所载的《高唐赋》《神女赋》《风赋》《登徒子好色赋》《对楚王问》。《九辩》一诗的题旨,王逸在《楚辞章句》中认为是悼念屈原的抒情之作,其中有明显模拟屈原的痕迹,有些地方袭用了屈原的一些句子。在艺术手法上,这篇作品也继承了屈原善用极精练的文字写出很深远的意境的手法,如其中描写"悲哉秋之为气"一段。另外,《风赋》对"大王之雄风"和"庶人之雌风"的铺陈,《高唐赋》对山、水、林木的描摹,《神女赋》与《登徒子好色赋》对神女与东家之子美貌的刻画等,已略具汉赋铺采摛文、体物写志的特征。这些精彩的文字,对后世文学的发展产生了深刻的影响。在文学史上,人们往往把宋玉与屈原并称为"屈宋"。

第二章　秦汉文学

（前 247 年—220 年）

秦代文学始于秦王嬴政继位的公元前 247 年。汉代文学的上限始于汉高祖元年（前 206），下限止于东汉献帝逊位的公元 220 年。这一阶段为秦汉文学。但文学史的发展与朝代更迭不尽一致，汉献帝建安元年（196）以来，国家权力完全被曹操掌控。文学也相应地进入新时期，习称建安文学。

秦汉时期，形成了中央集权的大一统时代，其统治持续长达 400 多年，文学的发展始终与政治的发展密切相关。两汉学术谱系的建立，如独尊儒术、谶纬流行等，均影响到秦汉文学的思想表达和具体呈现。民间文化的普及和流动也促进了文学的发展，如乐府民歌对文人五言诗形成的影响。

第一节　秦代文学

长期以来，有"秦人不文"的说法。但在秦代文学发展史上，依然有值得称道的地方，一是成书于秦始皇统一六国前夕的《吕氏春秋》，二是李斯所撰写的政论文和石刻文。

吕不韦是秦国一代名相，任职于战国末年。他模仿战国四君子，招纳门客，意图著书立说。他要求门下凡能撰文者，都将自己的见闻、所思写出。吕不韦认为这些资料可以为秦统一六国之后所使用，于是又组织才能卓越的文士加以修改删定，最终定名为《吕氏春秋》。他将此书悬于咸阳城门，称凡能增损一字者，可以重赏千金。这样的行为，产生了巨大的轰动效应，《吕氏春秋》和吕不韦的大名因此远播东方诸国。该书规模宏大，分为十二纪、八览、六论。十二纪每纪5篇共60篇，八览每览8篇（《有始览》少一篇）共63篇，六论每论6篇共36篇，另有《序意》1篇，共160篇。十二纪按照月令编写，文章内容按照春生、夏长、秋杀、冬藏的自然变化逻辑排列，属于应和天时的人世安排，体现了道家天道自然与社会治理的思想。八览以人为中心，基本上属于察览人情之作，围绕人的价值观念、人际关系、个人修养展开。六论以人的行为以及事理为主题，包含了人的行为尺度、处事准则、情境条件以及地利等方面。可见，《吕氏春秋》不是随意编写，而是有着严密的规划，按照天、地、人三个层次，互相照应，展开论述，体现道法自然之意。在此基础上，作者试图归纳出治乱存亡的历史经验，形成对寿夭吉凶原因的深层认识，解释并验证天地人之间的一切现象,将是与非、可与不可的道理呈现于人。由于它包含了诸家学说,实为先秦学术理论之文献整合,梁启超称之为"类书之祖"。

李斯(约前284—前208),楚国上蔡人。他早年为郡小吏,从荀子学帝王之术,学成入秦,与韩非是同门。作为西游秦国的楚人,令他成名的文章,是一篇《谏逐客书》。当时的大臣认为各国游士来秦,会对秦国不利,因此建议秦王将其驱逐。李斯也在被逐之列,为此,他写下著名的《谏逐客书》,说明秦国的强大全靠客卿的力量,秦王不应只重六国的玩好之物,而轻视有才能的六国之士。文章立意高远,始终围绕"大一统"的目标,从秦王统一天下的高度立论,正反论证,利害并举,说明用客卿强国的重要性。此文理足词胜,雄辩滔滔,打动了秦王嬴政,使他收回逐客的命令,恢复了李斯的官职。

秦统一天下后,李斯被任为丞相。亲自参与撰写了一些歌功颂德的文字,这些文字被刻在秦始皇巡游所经的名山大石之上。比如《史记·秦始皇本纪》所载的《泰山刻石》,用语考究、韵律严整,是秦代颂美文章的典范。秦还有琅邪台、之罘、东观、碣石、会稽等刻石,亦见载于《史记》,都是笔力恢弘之作。

李斯政治主张的实施对中国和世界产生了深远影响,奠定了中国两千多年政治制度的基本格局。秦始皇死后，他与赵高合谋，伪造遗诏，迫令始皇长子扶苏自杀，立少子胡亥为二世皇帝。后为赵高所忌，于秦二世二年（前208）被腰斩于咸阳市，并夷三族。李斯临终之言中对东门黄犬的追忆，成为后世文学作品中的一个常见典故。

第二节　汉代的大赋

　　汉代是中国历史上非常强大的统一王朝，疆域辽阔，文化兴盛，而且东西两汉享国400余年，这使得文学的发展异彩纷呈，产生了很多文学大家，汉赋、史书、歌诗乐府、政论杂著和文人诗等各类文体，都曾彪炳文坛，在中国文学史上占据重要地位。

　　汉代文学最有代表性的是大赋。赋这种文体虽然滥觞于战国，但是，它真正获得扩充和发展，并取得巨大的思想艺术成就却是在汉代，故在文学史上被命名为"汉赋"。赋是两汉文学中的第一文体，代表了两汉文学发展的最高成就。枚乘、司马相如、贾谊、王褒、扬雄、班固、张衡、王延寿8位汉代作家在刘勰《文心雕龙·诠赋》中被称为"辞赋之英杰"。

　　汉代的辞赋创作最早在藩国中最为繁荣。汉初地方政治力量分散，导致汉初赋作在形式和风格方面的多样性。这一时期，辞赋创作水平最高的当属贾谊和枚乘，他们代表了后来汉赋发展的两种不同走向。

贾谊（前200—前168），洛阳人，少有才名，一生跌宕坎坷，初被文帝重用，后又遭大臣排挤被贬谪长沙。三年后被召回长安，为梁怀王太傅。梁怀王坠马而死，贾谊深自歉疚，抑郁而亡，时仅33岁。在长沙期间，贾谊写了《吊屈原赋》和《鹏鸟赋》两篇直拟楚辞的骚体赋。《吊屈原赋》通篇文辞悲切，对屈原深深同情，并批判世界的黑白善恶颠倒。贾谊也在赋中表达了对屈原沉降选择的不同看法，认为应该"远浊世而自藏"，明哲保身。这篇赋作开启了汉赋追怀屈原的先例。悼念屈原、模拟楚辞，从此成为汉赋的一种风尚。《鹏鸟赋》写于稍后的时间，贾谊在长沙居住的第三个年头，他借与无意飞进家宅、被认为是不祥之物的鹏鸟问答，抒发了自己忧愤不平的情绪，并以老庄的齐生死、等祸福的思想为自我解脱，提出了一种通达的人生观——"小智自私兮，贱彼贵我；达人大观兮，物无不可"。这篇赋作体现了汉初的黄老思想对贾谊的深刻影响。司马迁《史记》有《屈原贾谊列传》，因此后世并称二人为"屈贾"。

枚乘（？—前140），淮阴人，曾为吴王刘濞、梁王刘武的文学侍从。枚乘反对分裂，曾上书二王，力谏他们放弃叛乱，都没有被采纳。汉景帝时，拜其为弘农都尉，后以病辞官。汉武帝即位后以"安车蒲轮"征召,因年老死于途中。枚乘最为重要的作品是《七发》,收入《文选》,是汉代辞赋的典范之作。赋中假设楚太子有病,吴客前去探望,通过互相问答,构成七大段文字。吴客认为楚太子的病因在于贪欲过度,享乐无时,非药物和针灸可以治愈,只能"以要言妙道说而去也"。于是分别描述音乐、饮食、乘车、游宴、田猎、观涛六件事的乐趣,一步步诱导太子改变生活方式;最后要向太子引见"方术之士""论天下之精微,理万物之是非",太子乃霍然而愈。他认为只有抛弃奢侈、淫靡的生活方式,振作精神,亲近贤能,关心治国之术才是养生正道。这篇赋以主客问答的形式,连写七件事的结构方式,为后世所沿习,并形成赋中的"七体",被认为是汉大赋的发端之作。这篇赋作同样具有浓郁的黄老道家思想色彩。

汉武帝颁布推恩令后,藩国逐渐衰落,政治话语权力渐次收归中央。而汉赋繁荣的土壤,也从藩国回到宫廷。汉武帝时期,产生了汉赋大家司马相如。

司马相如(约前179—前118),字长卿,蜀郡成都人。景帝时,司马相如曾为武骑常侍,因病免,遂前往梁国。后为汉武帝所知,召任郎官。元狩五年(前118),司马相如因病免官,居住在茂陵,不久病终。司马相如的代表赋作为《子虚赋》《上林赋》《大人赋》。《子虚》和《上林》是汉代散体大赋的奠基之作。这两篇赋都采取了问答体，在问答之间铺叙王国、帝国的壮丽，歌颂帝王的无上权力和至尊地位。《子虚赋》赋写楚国的子虚先生出使齐国，齐王问及楚国，子虚极力铺排楚国之广大丰饶，以至云梦之地不过是其后花园之小小一角。乌有先生对此不服，便以齐国之大海名山、异方殊类，傲视子虚。其主要意义是通过这种夸张声势的描写，表现了汉代王朝的强大声势和雄伟气魄。《上林赋》描绘了上林苑宏大的规模，进而描写天子率众臣在上林狩猎的场面，表现的是汉帝国的盛世气象。这两篇赋作，极铺张扬厉之能事，词藻丰富、多设名物、描写工丽、散韵相间，标志着汉大赋的完全成熟。赋末以黄老少私寡欲、清静无为的思想批评了诸侯与天子生活的奢侈和淫靡。由于铺写的内容特别丰富而劝讽之语不过一语带过，这种写法被后世诟病，称之为"劝百讽一"。司马相如的《大人赋》在汉赋发展中别具特色，它将汉赋中的游仙题材发挥到极致，并充满了政治寓托。《大人赋》所宣扬的神秘主义，所富有的丰富想象力，体现出刘熙载所说的汉赋之"神"。

《子虚》《上林》两赋影响深远，从多方面树立了汉大赋的基本体制。首先是在题材选择上，它们开创了汉代散体大赋以宫殿、苑囿、畋猎等为主要描写对象的题材设置方式。其次是在篇章结构上，用主体内容来歌颂大一统，歌颂中央声威，最后对最高统治者进行讽谏的赋体结构,成为后世承袭的一种主要的篇章策略。这两篇赋都是利用假托人物的问答来展开基本内容,摆脱了楚辞中常用的第一人称视角,使得赋作本身能够展开的层次更为丰富。第三是这两篇赋作的语言,也完全脱离了《楚辞》的影响,自创一格、层次严密、语言富丽堂皇,句式亦多变化,加上对偶、排比手法的大量使用,使全篇显得气势磅礴,形成铺张扬厉的风格。这种语言风格告别了楚辞语言的婉约绵长感,多变的句式富有参差的节奏感。

司马相如死后,他的家乡蜀地一直存在学习辞赋之风。王褒和扬雄都是以赋得进的蜀地文士。

王褒,字子渊,生卒年不详。他因《圣主得贤臣颂》一文得到汉宣帝的欣赏,其文学创作活动主要在宣帝在位时期(前73—前49)。王褒最受后世推重的,是他的《洞箫赋》。这篇赋作奠定了汉代咏物赋的基本体制。全篇用楚辞的调子,以大量的文字铺叙洞箫的声音、形状、音质和功能,音调和谐、描写细致、形象鲜明、风格清新。这篇赋不同于铺张扬厉、用词浩荡的汉代大赋,而属于娇丽可喜、娱悦耳目的咏物小赋。这篇赋作被收入《文选》,成为后世咏物赋的典范。

扬雄(前53—18),字子云,年四十,游京师长安。汉成帝召入宫廷,侍从祭祀游猎,任给事黄门郎。其官职一直很低微,历成、哀、平"三世不徙官"。王莽时任大夫,作《剧秦美新》，为后世诟病。扬雄是继司马相如以后最重要的赋家之一。扬雄自幼熟读司马相如赋作，在获得扈从机会后，模拟司马相如《子虚赋》《上林赋》，作《甘泉赋》《羽猎赋》《长杨赋》和《河东赋》，用以歌颂汉帝国的强大、太平和富盛。晚年，扬雄倡导"诗人之赋丽以则，辞人之赋丽以淫"（《三都赋》）的观点，指出"辞人赋"有"虚辞滥说，劝百讽一"（《史记·司马相如列传》）的弊端，视其为"雕虫小技，壮夫不宜为之"（《法言·吾子》）。这些具有反思性的观点对于东汉赋家纠正西汉散体大赋的缺点，具有指导作用。

西汉末年，王莽篡位，建立新朝。光武帝刘秀率兵推翻新莽政权，绍续刘氏国脉，是为东汉。东汉辞赋代表作家为班固和张衡。东汉的辞赋创作呈现出与西汉辞赋不同的特点。班固推举扬雄晚年的辞赋文学观，将汉赋的功能从"虚辞滥说"转移、归正到"叙述汉德"的轨道上，便是一个重要的转变。

班固（32—92），字孟坚，扶风安陵人，聪敏博学，明帝时，任兰台令史。班固在汉赋的发展线索上占有重要地位，他的《两都赋》所开创的京都赋题材影响后世深远，直接影响了张衡《二京赋》以及西晋左思《三都赋》的创作。《两都赋》分《西都赋》《东都赋》两篇，以赋的形式讨论长安和洛阳哪个更适合作为大汉的首都。《西都赋》由假想人物西都宾叙述长安形势险要、物产富庶、宫廷华丽等情况，暗示建都长安的优越性。《东都赋》则由另一假想人物东都主人对东汉建都洛阳后的各种政治措施进行美化和歌颂，意谓洛阳当日的盛况，已远远超过西汉首都长安。这两篇赋作，虽然是以假托人物来进行铺叙，但是内容完全写实，抛弃了司马相如大赋中的虚辞滥说、架空行危，将宫廷苑囿、天子游猎作为主要描述对象的作法。它借鉴扬雄《蜀都赋》，创造性地描绘京都的山河形势、表里布局和雄伟气象。从主旨而言，《两都赋》主要不是抒发一种情感，或表现一种精神，而是要表达一种思想，体现一种观念。该赋强调礼制与崇儒思想，语言典雅和丽，金声玉振，有庙堂朝仪的风度，充分体现了那个时代的审美追求。班固还有《幽通赋》一篇，是汉代抒情赋中的佳构。这篇赋是班固突遭家庭变故之际，对宇宙、历史、人生诸问题的思考，是他青年时代的思想自陈，是他发愤著述的誓词。

东汉张衡是汉赋的集大成者。张衡（78—139），字平子，南阳西鄂人，他是一个百科全书式的人物，在天文、数学、地理学、制图学、文学等方面都有杰出的成就。张衡赋的代表作历来被公认为《二京赋》《思玄赋》和《归田赋》。《二京赋》在结构谋篇方面完全模仿《两都赋》，以《西京赋》《东京赋》构成上下篇。这两篇赋的体制比班固的赋更宏大、更细致、更有特色。除了像它以前的事类赋一样，铺写东西南北所有以及宫室、动植物等外，还写了许多民情风俗，像《西京赋》里写了商贾、游侠、骑士、辩论之士以及角抵百戏、杂技幻术等，《东京赋》里写驱逐疫鬼的大傩、方相等，都极其生动、具体、绘声绘色。《思玄赋》是张衡抒发情志之作。赋中写自己虽然不满于现实境遇，不愿随波逐流，但又忧惧谗惑。周游六合之外，是不可能实现的逃避之法，只有潜心于"玄谋"哲思，方可远离当世之烦忧。《归田赋》是历史上第一篇描写田园隐居乐趣的作品，而且，它既是现存东汉第一篇完整的抒情小赋，又是现存的第一篇比较成熟的骈体赋。从这里可以看出张衡对赋体的巨大革新。《归田赋》语句缓慢、气度悠然，表现的是作者认清现实后的决然和归去田园的情志。张衡远离现实、"纵情物外"的人生选择，和他对田园情景的美好歌颂，对后世影响深远，几乎确定了田园题材的基本体制，东晋诗人陶渊明的田园诗也基本不离这样的风格。

第三节　史著巅峰——《史记》与《汉书》

在两汉文学的星空之中，有两颗璀璨的史家明星：西汉司马迁与东汉班固。前者创制中国第一部纪传体通史《史记》，后者完成我国第一部断代史书《汉书》。这两部史书具有划时代的开创意义，号为双璧，又各有特色。

司马迁（约前145—前90），字子长，夏阳龙门人。司马迁生活的时代正是汉朝国势强大、经济繁荣、文化兴盛的时候。司马迁从小受到良好的教育，10岁能诵古文。19岁时，他从长安出发，足迹遍及江淮流域和中原地区，所到之处考察风俗、采集传说。汉武帝元封元年（前110）父亲司马谈去世，临终前嘱咐他撰述史书。三年后，司马迁承袭父职，任太史令，得观汉朝官方藏书，并与唐都、落下闳等共同定立了"太初历"。同时，他决定继承父亲遗志，准备撰写通史。不幸的是，在李陵降匈奴事件中，司马迁为李陵辩护而获罪，一度被判死刑，为免死而能完成史记，他选择了宫刑苟活。在狱中，身心备受凌辱摧残，几乎断送性命。因此，《史记》是一部悲愤之书，其中蕴含了司马迁极为强烈的情感。

《史记》由司马迁所著，最初称"太史公书"，或"太史公记"，记载了上古传说中的黄帝时代至汉武帝太初四年（前101）共三千多年的历史。全书包括十二本纪（记历代帝王政绩）、三十世家（记诸侯国和汉代诸侯、勋贵兴亡）、七十列传（记重要人物的言行事迹，最后一篇为自序）、十表（大事年表）、八书（记各种典章制度），共130篇，50余万字。除了作为"二十四史"之首的历史地位，这部史书也是十分重要的文学著作，强化了我国文学史中十分重要的叙事传统。

　　《史记》是一部叙事经典，注重对事件因果关系的更深层次的探究，综合前代的各种史书，成就一家之言。结构上，该书纵横交错，互为照应。写人时，围绕着"究天人之际，通古今之变"的宗旨，绝大多数的人物传记最终都在宏伟壮阔的画面中展开，有一系列历史上的大事穿插其间。并且对历史规律和人物命运进行深刻思考，透过表象去发掘本质，通过偶然性去把握必然规律。这就使得《史记》的人物传记既有宏伟的画面，又有深邃的意蕴，形成了雄深雅健的风格。《史记》在叙事方面最为后世称道的，是它所开创的"互见法"。同一件事涉及好几个人物时，在一处详叙，在别处就略而不叙，有时以"语在某某事中"标出。这种"互见法"不仅避免了重复，对于突出人物的主要性格也有作用。《史记》的章法、句式、用词都有很多独到之处，别出心裁，不循常规，以其新异和多变而产生独特的效果。他善于通过许多细节和个性化语言来刻画人物，写出了一系列具有鲜明形象的历史人物。《史记》是一部悲愤之书，它塑造了一系列具有悲剧感的人物，全书具有浓郁的悲剧气氛。《史记》也是一部猎奇之书，其中有很多极富有传奇色彩的历史记述，这是因为司马迁适当地收录了经过改编的民间故事，从而增加了叙事的奇幻色彩。

　　《史记》对古代的小说、戏剧、传记文学、散文，都有广泛而深远的影响。《史记》作为我国第一部以描写人物为中心的大规模作品，为后代文学的发展提供了一个重要基础和多种可能性，成为后世文学取之不竭的题材渊薮和灵感源泉。后世对《史记》评价极高，班固称该书"其文直，其事核，不虚美，不隐恶，故谓之实录"（《汉书·司马迁传》）。鲁迅先生誉之为"史家之绝唱，无韵之离骚"（《汉文学史纲要》），因此司马迁被后世尊称为"史圣"。

由于《史记》只写到汉武帝的太初年间，因此，当时有不少人为其编写续篇。班固的父亲班彪（3—54）对这些续篇感到很不满意，遂采辑旧事异闻，为《史记》作《后传》65篇。班彪死后，年仅22岁的班固，动手整理父亲的遗稿。有人告发班固私撰国史，被捕入狱。汉明帝了解情况后，任命班固为兰台令史，诏使撰史。《汉书》的撰写花费了班固一生的心血，但其中的八"表"及"天文志"尚未完成，班固便受牵连死于狱中。此后班昭与马续对其作了补著。

《汉书》为中国第一部纪传体断代史，以西汉一朝为主，上起汉高祖元年（前206），下终王莽地皇四年（23），共230年的史事。《汉书》体例上全承袭《史记》，只是改"书"为"志"，把"世家"并入"列传"，全书有十二纪、八表、十志、七十列传，凡100篇，共80余万言。除了使用《史记》的部分旧文外，《汉书》还采用了大量诏令、奏议、诗赋、起居注、天文历法书，以及班氏父子的"耳闻"。不少原始史料，班固都是全文录入书中，因此和《史记》相比，更显得有史料价值。在体例上，《汉书》新增加《刑法志》《五行志》《地理志》《艺文志》等，对典章制度进行了系统整理和翔实撰录。《汉书·百官公卿表》描述了秦汉分设官职的情况，各种官职的权限和俸禄的数量，然后用分为十四级、三十四官格的简表，记录汉代公卿大臣的升降迁免，是一篇非常重要的职官文献。《汉书》列传中有关文学之士的部分，多记载其人有关学术、政治的内容，如《贾谊传》记有"治安策"，《公孙弘传》记有"贤良策"等，这些都是《史记》没有收录的。然而，在对很多具体人事的评价上，司马迁和班固颇有意见分歧，班固甚至认为司马迁"是非颇谬于圣人"（《汉书·司马迁传》）。从司马迁到班固的这一变化，反映了东汉时期儒家思想作为封建正统思想对史学领域已经深有影响。《汉书》在塑造社会各阶层人物事，本着"实录"精神，平实中见生动，堪称后世传记文学的典范。

第四节　政说与论著：两汉思想家的文学表达

两汉时期，思想发展极富活力，产生了大量政论家、思想家。他们关心国家政治和民生疾苦，具有宽阔的社会视野，无不体现着汉代知识分子将自身与时代命运紧密联系的精神特质。他们所撰写的政论文和具有体系的思想论著，运用了丰富的文学形式和文学修辞，具有高度的文学价值，对后世文章学产生了深刻的影响。

《新语》是汉初思想家陆贾所著的一部政说文集，共收录了12篇文章。陆贾（约前240—前170），楚人。他因能言善辩常出使诸侯国，又两次出使南越，说服赵佗臣服汉朝，对安定汉初局势做出了贡献。吕后时，说和陈平、周勃同力诛吕。陆贾的《新语》是文章结集之后，刘邦亲自命名的，内容主要是讨论秦亡汉兴、天下得失的道理。这批文章是为初起的汉帝国寻找精神根基，以及从文化层面论证其合法性。陆贾的文风质而不俚，陈义没有故作高深浮夸之状，体现出了西汉文章从战国策士之文到西汉政说散文的过渡。

《新书》是汉初思想家贾谊的政说文集，由刘向所编，共58篇。他的政说文章堪称西汉第一，其实远远超过了他在汉赋方面的成就。贾谊的政说文，基本上是总结秦代灭亡教训，发展先秦民本思想，为汉初巩固政权、完善封建制度做出重要贡献。他提出的削弱诸侯、限制豪强、加强中央集权、重农抑商等主张，维护社会安定，发展农业经济，得到统治者重视，并在治国理政中得到施行。在这部论著中，最有名的是《论积贮疏》《陈政事疏》和《过秦论》。《论积贮疏》是贾谊23

岁时上书文帝的一篇奏章，建议重视农业生产，以增加积贮。文章直抒政见、观点鲜明、议论锋利、论证严密、善用对比、笔势流畅、说服力强，有战国纵横家遗风，无论对历代经济政策的制定，还是对后世政论文的发展都有深远的影响。《陈政事疏》又名《治安策》，是贾谊分析汉初政治形势，并提出相应对策的一篇上书。其中的诸多论点不久都得到了应验，证明贾谊所具有的敏锐政治眼光和批判现实的勇气。贾谊最为后人称道的是他总结亡秦教训的《过秦论》三篇，被鲁迅评价为"西汉鸿文"。其中上篇述史实、发议论，渲染铺张、见解透辟。而且行文采用了排比式的句子和铺陈式的描写方法，造成了语言上的生动气势。

《春秋繁露》是董仲舒所著的一部政治哲学论著。该书以阴阳、五行为骨架，以天人感应为核心，宣扬"性三品"的人性论、"王道之三纲可求于天"的伦理思想及赤黑白三统循环的历史观，为汉代中央集权的封建统治制度奠定了理论基础。此书内容反映了作者的整个哲学思想体系，这种以儒家宗法思想为中心，杂以阴阳五行学说的思想体系，对中国封建社会的发展产生了巨大的作用与影响。

《淮南子》是淮南王刘安主持编撰的一部论文集，又名《淮南鸿烈》《刘安子》。《淮南子》著录内篇21篇，外篇33篇，内篇论道，外篇杂说。目前只有内篇21篇保存下来。该书在继承先秦道家思想的基础上，综合了诸子百家学说中的精华部分。该书表面上是一部博采黄老言的道家之书，但事实上蕴含了刘安对汉武帝时政治的理解，本质是建元初年激烈的政治斗争和意识形态辩论的产物。从具体内容来看，《淮南子》包罗万象，涉及的领域非常丰富，既有史料价值，又有文学价值。

《盐铁论》为桓宽所编，共10卷60篇。它是根据昭帝始元六年（前81）召开的盐铁会议的文件写成的，是一部政论性散文集。书中保存了许多西汉中叶的经济思想史料和风俗习惯，揭露了当时社会的一些问题和矛盾。在写作上，它通过一定的集中和概括，描写了几个各有特点的人物形象，有些人物语言的描写文字比较生动，感情色彩也比较浓。采用对话体的形式，各篇之间又互相联系，这在散文作品中是很少见的。王充赞誉其体现了"两刃相割，利钝乃知；二论相订，是非乃见"（《论衡·案书》）的特点。

《新论》由桓谭所著，共29篇，同样是紧紧围绕"当时行事"即时下政治社会形势，"述古正今""欲兴治"。他主张一方面要除害、富民，以礼义教民，另一方面要加强皇权、统一法度、百官修理、威令必行，将民生问题放在首位，防止政治腐败。桓谭强烈反对谶纬，《谴非》篇以王莽崇信谶纬为例，揭露了以谶纬为政的谬误。《新论》在文学批评方面发表了很多关于创作和辞赋的看法，他以扬雄作赋为例讨论创作辞赋过程的艰辛。在创作技巧方面，提出了"伏习象神"说，认为创作要专心致志、坚持不懈地进行模仿，在反复的创作实践中达到"巧""神"。《新论》还讨论了创作环境的重要性，以贾谊、司马迁、刘安、扬雄等人为例，讨论当创作主体处于逆境时如何发奋著书。《新论》反复提到文学创作应该有"知音"，这其实是较早的文学接受论。王充对《新论》评价很高，认为该书"论世间事，辨昭然否，虚妄之言，伪饰之辞，莫不证定"（《论衡·超奇》）。

　　《论衡》的作者王充（27—约97），字仲任，会稽上虞人。建武二十年（44）左右，王充入太学，受到古文经学家桓谭、班彪等的深刻影响。《论衡》现存文章有85篇，核心理念是"解释世俗之疑，辨照是非之理"。《论衡》不仅对汉儒思想进行了尖锐而猛烈的抨击（但它并不完全否定儒学），而且它还批判地吸取了先秦以来各家各派的思想，特别是道家黄老学派的思想，对先秦诸子百家的"天道""礼和法""鬼神与薄葬""命""性善和性恶"等学说，都进行了系统的评述。《论衡》产生在儒学与谶纬神学相结合、成为统治阶级的正统思想的大一统时期，它敢于向孔孟的权威挑战，否认鬼神之存在，确立了一个比较完整的古代唯物主义体系，在思想史上意义非凡，对后世产生了深远的影响。《论衡》中有很多内容与文学批评相关，如提出文学要增善消恶、劝善惩恶、反对虚妄，提倡"实诚在胸臆"等主张，反对文章过分夸饰，对汉赋"侈丽宏衍之辞，没其讽喻之义"的特点进行批评，而对野史杂说包括神话都持否定态度。王充认为古今语言不同，不应该过分追求古奥艰涩，文章应该从实用性出发，通俗易懂，言文合一。他特别强调文贵独创，不能过分模拟因袭，提倡"独是之语"。由于这部论著有着鲜明的立场，故而行文往往带有强烈的感情色彩和恣肆畅快的文风。通过尖锐的批判，来独抒己见、抑非扬是。在选材上，《论衡》所展开的问题，都是为了解决大时代背景下人所面临的生存、思想、才性、修身等种种问题，对人本身有着深刻的关怀。由于《论衡》以驳论文为主，论说方面往往逻辑十分严密，长于辨析，说理论事，脉络分明，同时具有文采和气势。

第五节　歌诗、乐府与汉末五言诗的兴起

西汉政权与楚国文化渊源很深。西汉前期的歌诗，基本上是以楚歌为主，如项羽《垓下歌》，刘邦《大风歌》《鸿鹄歌》，戚夫人《春歌》，唐山夫人所作《安世房中歌》等。汉武帝所创制的歌诗，犹有楚歌特点。元鼎四年（前113），汉武帝刘彻率领群臣到河东郡汾阴县祭祀后土，时值秋风萧飒，鸿雁南归，汉武帝乘坐楼船泛舟汾河，饮宴中流，触景生情，

感慨万千,于是写下了《秋风辞》。这篇歌诗,是历来悲秋佳作。

汉武帝对诗歌发展起了巨大的推动作用,意义最为重大的举措是恢复乐府机构。汉代的乐府诗,题材广泛,作者分布在社会各个阶层,有帝王之作,也有平民之诗,有的作于庙堂,有的采自民间。现存汉乐府40余首,是汉代歌诗中的瑰宝,它类型题材多样,风格不一,从多个层面如实反映了汉代社会的真实面貌和思想情况。最主要的两类题材是描写底层的哀鸣和上层的欢愉,前者如《东门行》《妇病行》《孤儿行》,后者如《鸡鸣》《相逢行》《长安有狭斜行》。汉乐府中不乏直陈爱恨的爱情婚姻题材。如《上邪》一篇用语奇警,大胆泼辣,反映了女子对意中人真挚、热烈的情感。另一篇《有所思》反映的则是未婚女子对负心男子由爱到恨的心理变化及其行动表现,写得斩钉截铁,义无反顾。汉乐府中还有很多反映当时日常风俗生活画卷的作品,如《日出东南隅》(又名《陌上桑》)描写了一位面对太守调戏而机智、坚贞的采桑女子形象。汉乐府中最为重要的一篇作品,是《古诗为焦仲卿妻作》(一名"孔雀东南飞")。它是我国古代第一部长篇叙事诗,是汉乐府发展的巅峰代表之作。后人将它与北朝的《木兰诗》并列为"乐府双璧"。该诗主要讲述了焦仲卿、刘兰芝夫妇被迫分离并双双自杀的故事,歌颂了焦刘夫妇的真挚感情和反抗精神，批判了焦母、刘兄等压迫者的冷酷无情。故事繁简剪裁得当，人物刻画栩栩如生。篇尾构思了刘兰芝和焦仲卿死后双双化为孔雀的神话，表达了人们对这一婚姻悲剧的无限神伤，也反映了人们对刘、焦死后获得幸福生活的美好愿望。这篇长诗语言明白、叙事如画、情意深挚，被明代王世贞誉为"长篇之圣"。

　　与民歌中广泛使用成熟的五言体裁相类似的是，汉末文人五言诗也进入繁荣阶段，取得丰硕成果。蔡邕是汉末五言诗的诗人代表。蔡邕（132—192），字伯喈，陈留圉（今河南省开封市陈留镇）人。蔡邕通经史、善辞赋，而他在五言诗的创作方面，水平尤高。《饮马长城窟行》最为脍炙人口，描写了一位游宦之人的悲辛与牵挂。汉末艺术成就最高的文人五言诗，是《古诗十九首》。它是乐府古诗文人化的显著标志。过去与外在事功相关联的，诸如帝王、诸侯的宗庙祭祀、文治武功、畋猎游乐乃至都城宫室等，曾一度霸据文学的题材领域。东汉后期，这些题材逐渐淡化，而现实生活、文人进退、友谊爱情乃至街衢田畴、物候节气等题材逐渐占据主流。与此相关联，风格、技巧等也发生巨大变化。《古诗十九首》中，有表现思念故乡、怀念亲人的，如《涉江采芙蓉》；有表现思妇对游子深切思念和真挚爱恋的，如《迢迢牵牛星》；有表现游士对生存状态的感受和他们关于人生的某些观念的，如《回车驾言迈》。总之，这《古诗十九首》所抒发的，是人生最基本、最普遍的几种情感和思绪，因而异代之读者能常读常新。刘勰《文心雕龙·明诗》中，对其高超抒情艺术加以概括，誉之为"五言之冠冕"。

第三章　魏晋南北朝文学

（220—589 年）

魏晋南北朝时期包括三国（220—280）、西晋（265—316）、东晋十六国（317—420）、南北朝（420—589）四个历史阶段，历时约370 年。这是一个朝代更迭频繁，社会阶层和民族关系错综复杂，思想文化冲突与融合并存的时期，为文学的发展带来层次丰富的空间。宫廷与市井、都城与乡里的文人群落与文学发展相交织，贵族文学与民间文学相并存，构成了多彩多姿的文学史图景。在精神世界，儒释道思想在此时得到了长足发展并展现合流趋势，新的哲学思想不断地产生并影响着时代的方方面面。这一时期，物质文明不断进步，纸张更见普及，有利于文学作品的结集与传播，因而这一阶段也是文学总集、别集以及类书等图书编纂高度发达的时期。文学作为一门语言艺术的独立特征不断显露。文人诗获得长足发展，五言七言古体、近体诗歌的多种形式不断走向成熟。同时人们对文学的性质、地位、功用和创作等各方面，皆有深入反思，并产生了大量文学理论著作。这种反思被文学史家称为"文学的自觉"。总之，魏晋南北朝文学史是中国文学传统形成与强化的重要时期，它对于文学史来说，承前启后的意义是不言而喻的。

第一节 魏晋文学

汉末建安时，政权已经为"挟天子以令诸侯"的曹操所把持，汉朝名存实亡。曹魏形成了一个以"三曹七子"为主的文坛。他们在创作中表达高扬的政治理想，悲叹人生短暂、世事无常，富有浓郁的悲剧色彩。这些文学特征是"建安风骨"的重要组成部分，并被后人尊为典范。正始是魏齐王曹芳的年号（240—248），"正始文学"常被用来泛指曹魏后期的文学。"竹林七贤"是此时文学发展的代表人物。阮籍、嵇康等文学家表达了对时局、对未来的忧虑，崇尚自然反对名教，作品揭露了礼教的虚伪，来对抗司马氏的残暴统治。此时，蜀国和吴国的文学则相对沉寂。

曹操是汉末最为重要的政治家之一，他东征西战，统一了北方，是曹魏政权的奠基人。曹操精通乐府音律，他的很多诗都是以乐府为题来写成的，但是在内容上对旧式的乐府有所超越,因为他是借古乐府之名来写时事,是拓展乐府诗功能的第一人,让乐府诗从此走上文人化的道路。他的乐府诗大都是四言体,却是以古为新的。建安时期的诗歌"梗概而多气"(《文心雕龙·时序》),曹操的诗正是最典型的代表。他的诗朴素有力、粗犷豪迈,体现了豪壮的英雄主义情怀,是建安时代要求解放、追求理想的时代新声。

曹植文学才华冠绝一时,诗文造诣极高,但他性情豪放不羁,饮酒无度,因此令其父曹操失望,使其在与兄弟曹丕的太子争夺过程中失败,并受到严格监视,最终抑郁而死。早年的曹植,充满从政的理想和希望,具有建功立业的雄心壮志。中年以后,在不断袭来的政治迫害中只能深沉地哀唱。曹植是大力写五言诗的作家,他奠定了五言诗的地位。他的诗"骨气奇高,辞采华茂",语言功力深厚。无论是雄浑豪迈的高歌,还是沉郁悲愤的苦音,均有深厚的感人力量。他在诗歌体裁、题材、辞藻、风格方面的探索和成就,为后人提供了无尽的学习源泉,是一位衣被百世的重要诗人。

曹丕的作品多四言乐府诗,风格柔缓。《古诗源》称他"多文士气",表现出一些贵族气息。他所采择的主题多为表现游子思妇的哀怨与悲伤。他的《燕歌行》更是一幅离人思妇的断肠图,对后来七言诗的发展贡献很大。

"七子"之称,始于曹丕所著《典论·论文》,包括孔融、陈琳、王粲、徐幹、阮瑀、应玚、刘桢。七子中除了孔融与曹操政见不合外，其余六家虽然各自经历不同，都亲身遭遇离乱之苦，后来投奔曹操，地位发生变化，获得了安定、富贵的生活。他们多视曹操为知己，想依赖他干一番事业，故而他们的诗与曹氏父子有许多共同之处。因建安七子曾同居魏都邺（今河北临漳县西），又号"邺中七子"。他们当中以王粲的艺术成就最高。王粲《七哀诗》第一首是反映乱离惨景的名作，其中记述的"路有饥妇人，抱子弃草间"，让人为之泪下。第二首写游子的飘零生活，更见风力，在文字的洗练上和曹植的风格很接近。他所代表的感情，正是《古诗十九首》以来的那些寒士的哀怨感情。另外，蔡文姬的《悲愤诗》很著名，并且在后来衍生为《胡笳十八拍》，在民间广泛流传。

正始时期，在司马氏的高压政治和血腥统治下，以"竹林七贤"为代表的名士表面上宗奉老庄、任性放达，而内心实际上因为恐惧、压抑和颓废而变得无比的疲惫。其中，阮籍和嵇康最富文采。

阮籍早年有济世之志，但在曹魏末期的黑暗时期，只能终日饮酒，不问世事，夹在两个水火不容的政治集团中，精神十分痛苦。他把自己在黑暗现实中积郁的愤懑发泄到82首《咏怀》诗中。这组诗歌大都寓意深刻，充满伤世忧生的感情。然而有些诗句连悲伤都隐藏得非常深，大量的比兴与象征让人感觉"归趣难求"。

　　同样是竹林名士,嵇康刚肠嫉恶,肆口直言,不像阮籍性格内敛。因为他公开反对司马氏打着"名教"的幌子争夺政权,而被司马氏集团诬陷处死。嵇康擅长散文,著名的《与山巨源绝交书》嬉笑怒骂、洒脱自如,很能表达作者刚烈傲岸的性格。他的诗以四言诗为主,最著名的是《赠兄秀才入军》十八首,风格秀逸,充分体现出作者老庄之学方面的修养。第十四首中"目送归鸿,手挥五弦。俯仰自得,游心太玄",以凝练的语言写出山中高士悠然自得、心游物外的境界,曾获得大画家顾恺之的高度赞赏。

　　西晋武帝太康(280—289)前后,文坛呈现繁荣的局面,有"三张、二陆、两潘、一左",被称为"文章之中兴"。太康诗风以繁缛为特点,艺术形式更加精美,走向重形式的贵族化道路,然而丧失了建安诗歌的那种风力,普遍缺乏一种崇高的精神,但在语言的运用上做了许多有益的探索。西晋末年,在士族清谈玄理的风气下,产生了玄言诗,东晋玄佛合流,更助长了它的发展,以至玄言诗占据东晋诗坛达百年之久。在晋宋易代之际,出现了一位伟大的诗人陶渊明。他在日常生活中发掘出诗意,并开创了田园诗。

　　张华追求词藻华丽、风格绮靡的文学风格,其作品"儿女情多,风云气少"(《诗品·晋司空张华》)。他不仅工诗,也擅长作赋,他的《鹪鹩赋》寓意深刻。张华编纂了中国第一部博物学著作《博物志》。从权势的角度来说,位高权重的张华无异于是西晋文坛的领袖人物。西晋文学重形式的文学风格的形成,与他有很大关系。"两潘""二陆""一左"都曾获得他的提携。

潘岳与陆机是西晋太康文学最具有代表性的作家,被时人推为典范,并有"陆才如海,潘才如江"(《诗品》)之评。陆机(261—303),字士衡,吴郡华亭(今上海松江县)人,出身于东吴世家大族。东吴灭亡后,他退居旧里闭门苦学。九年后,与弟陆云北上入洛,为张华所赏,曾官至平原内史。陆机在当时的文坛尤其突出,被人称为"太康之英"。他撰写了《文赋》来论述诗歌创作方面的经验,有很多精辟的见解。陆机是西晋模拟诗风中一位最典型的代表作家。他尝试了乐府、古诗的各种题材与各种格式,这类诗今存40余首,超过今存诗歌总数之半,其中以模拟《古诗十九首》的《拟古诗》十二首最为著名。他的诗喜用华丽的词藻与对偶句式。这使他的诗歌带上了明显的贵族化特征,而对对偶的过分追求则使作品显得呆板而少变化,丧失了作品的灵动。

潘岳(247—300),字安仁,荥阳中牟(今河南开封附近)人。幼有才慧,人称奇童。成年后出任贾充司空府掾,又任河阳令等官,后在八王之乱中被杀。潘岳的诗以清丽简净见长，悼念亡妻的三首《悼亡诗》最有名，写得伤感无比。"悼亡"成为后代诗人追念亡妻的专属题目。他的抒情小赋也很有特色，有意境清幽的《闲居赋》《秋兴赋》，也有文辞凄艳的《寡妇赋》《怀旧赋》等。此外他还擅长诔文，这是一种悼念性文体。潘岳的作品多以写哀情见长。潘岳在当时受到极高评价，但是因其诗文与人品不一致，后世对他也有不少争议。

左思（约250—305），字太冲，齐国临淄（今山东淄博）人。出身寒门，富有才华。他因妹妹左棻被选为宫中婕妤，全家移居洛阳。因出身低微，受到士族的压制。这种生存状况让左思的内心非常愤懑，因而表现越发傲岸。他的代表诗作《咏史诗》八首，借古人古事抒写怀抱，斥责"贵胄蹑高位，英俊沉下僚"的不平等社会，勇敢地吼出"贵者虽自贵，视之若尘埃；贱者虽自贱，重之若千钧"的寒士之声。他的诗，遒劲有力、苍凉浑厚，后人称其风格为"左思风力"。他还有《三都赋》，因富丽博雅而使得"洛阳纸贵"。

刘琨（270—317），字越石，中山魏昌（今河北无极附近）人。他出身大世族，少年时期以雄豪著名，颇负志气，与祖逖交好，有闻鸡起舞的故事传世。曾任并州刺史，在极其艰危的条件下，与各路军阀及各少数民族武装集团转战多年，最终被幽州刺史段匹磾杀害。刘琨的诗歌现存的只有三首，一首四言《答卢谌》，两首五言即《重赠卢谌》和《扶风歌》。尽管现存的作品数量不多，但却能以刚劲清拔之气抒写英雄失路之悲，在诗坛上独树一帜，是建安悲壮慷慨之音在西晋末年诗坛的回响。

郭璞（276—324），字景纯，河东闻喜（今山西绛县附近）人，通经术及古文奇字，而且善于天文卜筮之术。他的诗以《游仙诗》最为著名，作品辞多慷慨，并非意在求仙高蹈，而是借游仙形式抒写了自己的怀抱与感慨。郭璞的游仙诗对后代诗人影响甚大，李贺、李商隐、龚自珍等无不受其影响。

陶渊明（365—427），字元亮，一说名潜，字渊明，谥号靖节先生。浔阳柴桑人。陶渊明的一生有过三次出仕的经历，都是为贫而仕的。他先后担任过江州祭酒，镇军参军和彭泽县令等职。因对官场厌倦，41岁时，他选择彻底辞官归隐，从此躬耕陇亩，直到去世。陶渊明是晋宋之交最为独特的诗人。别人的诗中布满苍白空洞的哲学，华丽琳琅的修饰，他却坚持用一种最直白的家常语来表达明净的思想。陶渊明的诗歌以歌颂田园生活为主，他的诗崇尚自然，诗中的事物都以其本来面目出现而不带雕琢。而且他在这些景物中又能深刻地融入理性的见解，甚至高尚的寄托。他的诗歌是建立在至善、至真的生命态度之上的，它们直接促成了陶诗独特的平淡与醇美。陶渊明的诗也非全然平淡,有像《述酒》的深沉感叹和《咏荆轲》的意气奋发的作品。陶诗在六朝看重词藻与修饰的诗坛上,并不著名。直到唐代,山水田园诗人们才纷纷发现其诗高超的艺术魅力。宋人更欣赏陶渊明的高尚人格,他把那种旷远、达观的生命意识和感伤、欢悦交织的生命情绪,带进了诗中。他是中国文学史上的一个独特存在。

史学家所称的"五胡十六国"是一个处于战乱频繁的时期,但一些建国者颇有文学才能,他们的政权中也聚集一些有文学才能的士人,他们之间也曾产生过良好的文学互动。另外,在凉州地区的人们,因为长期偏于一隅的地理位置,获得相对稳定的社会环境,因此也有与中原地区相比不同的文学特点。这段文学史是值得注意的。

第二节　南朝文学

南朝时期是指从 420 年刘裕取代东晋政权,建立宋政权开始,中间经历了萧道成建立的齐代,萧衍建立的梁代和陈霸先建立的陈代,直到 589 年隋兵南下,陈后主亡国为止。南朝产生了大量的文学家,"元嘉三大家""竟陵八友""三萧""徐庾"等是其翘楚。南朝时期各类文体获得长足发展。《文心雕龙》对文体的区分已有十分深刻的辨识,《文选》将文体分为

37类，对文体的探讨之深、分类之细，都远远超越前人。这一时期，骈体文的成就颇高。南朝乐府诗的发展也引人瞩目，以"吴声""西曲"为代表的南方民歌歌咏，经过文人的改造，成为南朝文学中一道亮丽的风景。南朝还是志人、志怪小说的勃兴时期，产生了很多小说经典作品，《世说新语》《幽明录》是主要代表作。

南朝刘宋是中国诗歌史上一个诗运转关时期。与魏晋诗人偏向歌唱自己的情感和内心有所不同，南朝诗人更崇尚声色，追求艺术形式的完善和华美。其中以元嘉三诗人谢灵运、颜延之、鲍照为代表，他们的诗改变了东晋多数诗人平典无味的玄言诗风，形成了注重辞藻、讲究对仗的共同趋向。比起齐梁诗来，他们的诗又都显得较为古奥和刚劲。

谢灵运（385—433），祖籍陈郡阳夏。他出身于显赫的士族家庭，是谢玄之孙。刘宋代晋后，降封康乐侯，历任永嘉太守、秘书监、临川内史。元嘉十年（433）被宋文帝刘义隆以"叛逆"罪名杀害，时年49岁。谢灵运以山水诗著名于文学史，这些诗大部分是他出任永嘉太守以后所写，占其全部创作的一半。它们以富丽精工、鲜丽清新的语言，生动细致地描写了永嘉、会稽、彭蠡湖等地的自然景色。谢诗善于刻画奇山异水，尤其是对大自然的细节和轻微变化都有很好的把握，体现出高超的描摹技巧，从不同的角度向人们展示着大自然的美。

代表作有《登池上楼》等。

颜延之（384—456），字延年，琅邪临沂人。好读书，无所不览，文章之美，冠绝当时，与谢灵运并称"颜谢"。曾任太子舍人、始安太守、金紫光禄大夫等。颜诗多庙堂应制献奉之作，用语典重，像《三月三日侍游曲阿后湖作》，辞藻华丽，颇能反映"元嘉之治"的气象，用典亦贴切。颜延之最为人称道的作品是《五君咏》五首，称述竹林七贤中的"五君"，借五位古人抒发自己的不平，体现了他性格中正直狂放的一面。颜诗很着意于用事和谋篇琢句，谨严厚重，但有些缺乏生动自然的韵致，甚至流于艰涩。颜延之在散文和骈文创作上也取得相当成就。他是最早提出"文""笔"对举的作家。颜延之和陶渊明私交甚笃，陶渊明死后，他还写了《陶徵士诔》，这大约也是颜延之最为著名的一篇作品。

鲍照（414—466），字明远。鲍照地位不高，因文才为临川王刘义庆赏识。曾任前军参军，世称鲍参军。后在军中被乱兵杀害。鲍照才秀人微，诗文中主要描述的是坎坷身世，和对无常人生的悲愤。他撰写了大量的乐府诗，抒发寒士的困苦与不平，感情十分强烈。鲍照在诗歌中也摹写山水，但是毫无欢乐欣喜情调，而是常将笔触置于险峻萧条、冷落压抑的氛围之中，流露出格外愤激的心态。鲍照的五言诗讲究骈俪，圆稳流利，内容丰富，感情饱满。七言诗变逐句用韵为隔句押韵，并可自由换韵，拓广了七言诗的创作道路。他的乐府诗突破了传统乐府格律而极富创造，思想深沉含蓄、意境清新幽邃、语言容量大、节奏变化多、辞藻华美流畅、抒情淋漓尽致，并具有民歌特色。鲍照的辞赋也很优秀，现存十余篇，以《芜城赋》最为有名。鲍照的妹妹鲍令晖，也是著名诗人。

南齐是南朝文学风尚转变的关键时期，代表作家为竟陵王萧子良周围的沈约、谢朓、王融等八位文人，史称"竟陵八友"。竟陵八友最大的文学贡献是创制了"永明体"，形成了声律说的基础。他们把声律和对偶方面的知识运用到诗歌创作上，注重平仄协调、音韵铿锵、词采华丽、对仗工整、体裁短小，为格律诗的产生奠定了基础。"永明体"诗人在齐亡之后又仕于梁，在萧衍、萧统父子影响下，在诗歌艺术形式上有了更多深入的研究和实践。萧纲、萧绎继之而起，宫体诗创作成为一时潮流。从永明体到宫体，文学史家通称为"齐梁体"。他们追求诗歌听觉上的圆美流转，吸收民歌中的简洁、明快、平易。即使用典，也尽量追求自然，是对元嘉体的革新和发展。

沈约（441—513），字休文，吴兴武康（今浙江湖州德清）人。在齐仕著作郎、尚书左丞、骠骑司马将军。入梁后官至尚书左仆射、尚书令、太子少傅。沈约是"竟陵八友"中最年长者，在齐梁间文坛上负有重望。他的诗在整体上具有一种清新流畅之美，在咏物、摹写景物变化的细微笔触之中，常常融入一丝感伤。与同时代的"二谢"等人相比，沈约的山水诗虽不算多，同样具有清新之气，同时又透露出一种哀怨感伤的情调。他的离别、怀旧等诗同样蕴含着深沉浓郁的感伤之情。钟嵘评价其诗"长于清怨"，是十分恰当的。

谢朓（464—499），字玄晖，陈郡阳夏（今河南太康县）人。他出身高门士族，与谢灵运同族，世称"小谢"。曾为宣城太守，故又称谢宣城。后遭诬陷，死狱中。谢朓是南齐永明体诗的代表作家。他的诗今存200余首，主要成就在山水诗方面。这些诗语言精美、音韵和谐，又不像谢灵运山水诗具有玄理成分。谢朓曾说："好诗圆美，流转如弹丸。"他的诗善于摄取自然景色中最动人的瞬间，以清俊的诗句，率直地道破自然之美。谢朓的诗在当时就很有影响，受到梁武帝、沈约的推誉。唐代大诗人李白、杜甫对谢朓也很倾心。这些都能说明谢朓在诗歌史上的重要地位。

王融（466—493），字元长，琅邪临沂（今山东临沂）人。他是东晋宰相王导的六世孙，自幼聪慧过人、博涉古籍、富有文才。入竟陵王萧子良幕，极受赏识。王融自恃有才华，希望可在30岁内成为公辅。齐武帝病重，他欲矫诏拥立萧子良即位，事未成，下狱赐死。他最为当时人所称道的是作于永明九年（491）的《三月三日曲水诗序》，文藻富丽，驰誉南北。王融也是"永明体"的重要诗人之一,他的诗音韵和谐,风致优美,推动了南朝诗歌艺术的发展。

任昉(460—508),字彦升,乐安郡博昌(今山东省寿光市)人。任昉仕宦于齐、梁二代,曾任丹阳主簿、黄门侍郎、御史中丞、秘书监、义兴太守等职。任昉擅长于表、奏、书、启等实用文体,与他同时的沈约以诗著称,人称"任笔沈诗"。沈约称任昉"心为学府,辞同锦肆"(沈约《太常卿任昉墓志铭》)。王融"自谓无对当时",可是一见任昉之作,恍然若失。王俭见其笔札,"必三复殷勤,以为当时无辈,曰:'自傅季友以来,始复见于任子。若孔门是用,其入室升堂。'"(《南史·任昉传》)他与沈约、王僧孺同为三大藏书家。相传《文章缘起》一书,也是任昉所撰。

何逊(472—519),字仲言,东海郯(今山东省兰陵县长城镇)人。他出入齐、梁两代,从诗风上看,也是"永明体"的继承者。他的诗多为赠答及纪行之作,擅长抒写离情别绪及描绘景物,其特点在于通过对客观事物的描写衬托出作者的主观感受,往往寓目即书,少用典故,写景抒情极为精妙,格调清新婉转。何逊诗受"永明体"影响,其新体诗工于炼字,音韵和谐,已初具唐律规模,是六朝诗与唐律间的过渡体裁。与何逊齐名的阴铿,也是传承"永明体"诗风的代表。阴铿(511—563),字子坚,武威姑臧(今甘肃武威)人,出入梁、陈两代。博涉史传,尤善五言诗,为当时所重。其代表作有羁旅诗《五洲夜发》《晚出新亭》,诗风清丽,情思绵长。杜甫曾说"颇学阴何苦用心",可见二人对后世的影响之大。

宫体诗是梁陈诗坛的一个突出现象。它的得名,是在萧纲被立为太子,入主东宫之后。他与侍臣共同追求一种辞采婉媚、音韵流美的诗风,因其面貌艳冶、风格轻靡,所以被称为"宫体"。代表作家除了萧纲,还有庾肩吾、庾信父子与徐摛、徐陵父子,以及陈后主。宫体诗的题材主要集中于闺阁之物、风花雪月,并带有浓厚的娱乐色彩。宫体诗在辞藻方面追求的美,是一种靡丽绮弱的美,只流于形式而不注重内在,即使在内容上对美人的描绘也只是对其容貌姿态的感叹,从未写到美人的内心。这种妖冶香艳的题材,或许与宣扬色空的佛经文学有关。尽管后世对宫体诗非议甚多,但它也不是乏善可陈,其独异之处在于辞采音律的工丽和物态风姿的旖旎。对于唐代格律诗的形成也有一定的促进作用。

除了诗歌,魏晋南朝文学的又一重要现象是志人志怪小说的充分发展。志怪小说的兴盛是受到了民间巫风、道教及佛教的刺激。志怪小说最有代表性的作品是干宝的《搜神记》。干宝(?—336),字令升,新蔡(今属河南)人,是两晋之际的史学名家。《搜神记》的序称作此书是为"发明神道之不诬",同时亦有保存遗闻和供人"游心寓目"的意思。《搜神记》的内容，一是在旧有记载的基础上，加以文字上的加工；二是采访近世之事，多出作者手笔。书中不少故事情节比较完整，在虚幻的形态中反映了人们的现实关系和思想感情。尤其有价值的，是一些优秀的传说故事。如《李寄斩蛇》《韩凭夫妇》《东海孝妇》《干将莫邪》《董永》《吴王小女》等，都很著名，对后代文学有较大影响。继《搜神记》之后，刘义庆《幽明录》亦为代表。刘义庆（403—444），彭城（今江苏徐州）人，宋宗室，袭封临川王。《幽明录》和《搜神记》的不同之处，是很少采录旧籍记载，多为晋宋时代新出的故事，并且多述普通人的奇闻异事，虽为志怪，却有浓厚的时代色彩和生活气氛。其文字比《搜神记》显得舒展，更富于辞采之美。其中《刘阮入天台》是一则有名的故事。

志人小说是指魏晋六朝流行的专记人物言行和记载历史人物的传闻轶事的一种杂录体小说，又称清谈小说、轶事小说。数量上仅次于志怪小说。它是在品藻人物的社会风气影响下形成的，代表作品是刘义庆的《世说新语》。这部小说的内容主要是记录魏晋名士的逸闻轶事和玄言清谈，可以说是一部记录魏晋风流故事的总集。《世说新语》富有史料价值，其中关于魏晋名士的种种活动、性格特征、人生的追求以及种种嗜好，都有生动的描写，可以视为魏晋时期士人群体的造像，可以由此了解那个时代上层社会的风尚。该书的人物描写重在表现人物的特点，通过独特的言谈举止写出了独特人物的独特性格，使之气韵生动、活灵活现、跃然纸上。其语言精炼含蓄，隽永传神，善用对照、比喻、夸张等技巧，有着很高的文学价值。后世模仿《世说新语》的笔记小说很多，被称为"世说体"。

第三节　北朝文学

北朝是指从北魏太武帝时期收复北凉、统一北方（439）开始到隋代统一全国（589）之前这段历史时期，是存在于北方五个朝代的总称，即北魏、东魏、西魏、北齐和北周五朝。与南朝文学家群星闪耀的文学史景观相比，北朝文学相对落寞。事实上，北朝文学遵循自己的发展脉络，也有很多值得关注的文学家、文学作品和文学现象。它是中国文学发展从西晋末年到隋唐文学发展的重要环节。

从道武帝登国元年（386）建都盛乐及平城至孝文帝太和十九年（495）迁都洛阳这百余年为北魏前期，可以称为"平城时期"。由于拓跋鲜卑贵族文化水平较低，文化需要较少，加上平城接连发生多次政治运动，很多文化士人遭到屠杀，因此这一时期的文学发展比较迟缓。

北魏前期地位最高的汉族文人是崔浩（？—450）。他继承了东汉儒者传统，热衷经世致用的价值观念，恪守乡里立法，反对"老庄"。他对文学不太看重，《魏书》说他"不长属文"。现存作品数量不多，且大部分是章奏符表、碑铭颂诔，难于看到他内心的情感。在这些作品之外，还有一则类似短小散文的《食经叙》流传至今。虽然只有片言数语，却是崔浩对于乡里生活的回忆，饱含追忆往昔的真情，也反映了北方乡里宗族社会生活的一些真实场景。这篇文字，语言平实朴素，娓娓道来，却十分触动人心，值得一观。北魏前期另一位重要文人是高允（390—487），他很少有个人情怀歌咏之类的文章，四言诗比较古质，不过他有一些艺术风格苍凉阔大的作品，如《塞上公亭诗序》，抒写当时平城景象，情感充沛，胸怀壮大。北魏前期，还有一批重要的文学家，是从北凉政权进入到平城的河西人。河西文士之间颇以文才相得，保持了一些赠诗、献诗的习惯。他们与河北人士交结，给北魏前期的文学带来了一些活力，然而并未根本改变这一时期略显低迷的文学发展特征。另外值得一提的是《木兰辞》，它是十六国北朝文学中最著名的民歌，通篇轻松流畅，叙事明朗自然。《木兰辞》与《孔雀东南飞》被后人视为民歌双璧。

孝文帝太和十九年（495）迁都洛阳后至北魏分裂，属于北魏后起，可以称为"洛阳时期"。该时期文学士人集中，文化氛围热烈，而文学活动相对之前也更为频繁，而且相当一部分鲜卑贵族都能从事汉文学创作，孝文帝本人也具有较好的文学修养。北魏后期,有大量的汉族士人居于鲜卑贵族府中。如京兆王愉府上的宋世景、李神俊、祖莹、邢晏、王遵业、张始均等人,都是当时洛阳最为著名的文化士人。其中,祖莹颇有代表性。他的《悲平城》语言直白,所描写的是尸与血的战争景象。祖莹强调风骨和独特,反对"偷窃他文以为己用",这些观念虽然并不新颖,但也能够说明当时人对于文学创作的思考和自觉。北魏后期重要文人还有李谐,他最为有名的作品是《述身赋》。他的这篇赋作,全面总结了他在洛阳生活中的经历和遭遇,对于解释魏末乡里士人从乡里到都城这个过程中的思想经历,颇有价值。在艺术上,该赋语言明白简洁,无玄虚深奥之故实,文意贯通,句式多为四六,非常工整。出身赵郡的李骞,作有《赠亲友》一诗,表达了对洛阳的留恋之情。这首诗真情实感、回味深沉,代表了此时北魏诗人极高的艺术成就。这个时期北方的诗、赋和骈文,还不足与南朝相媲美,而散文方面却出现了郦道元的《水经注》,其中不少名篇出自郦氏手笔,代表着当时文章写作的最高水平。此外,杨衒之《洛阳伽蓝记》五卷,以著名佛寺为纲目,兼及有关宫殿、邸宅、园林、佛塔、塑像等,是一部有关北魏洛阳的重要历史资料,同时它又具有较高的文学价值,其结构、语言等富有文学性。

北魏分裂为东魏和西魏后,两个政权又分别改国号为齐、周，史称北齐、北周。东魏北齐的文学发展可以称为"邺城时期"。该时期文学的整体特征，在南朝文风弥漫邺下的时候，同时也涌现了不少体现北朝文学独特风格的作品，呈现出比较繁荣的局面。其代表作家有被誉为"北地三才"的温子昇、邢劭与魏收。

温子昇（495—547），字鹏举，自云太原人。从现存材料看，温子昇在南北地区的知名度，要远高于邢、魏二人。他的诗文传到江南，得到梁武帝赏识。温子昇的诗歌创作上接汉风，没有经历南方玄言诗这样一个环节，因而在艺术特征上保证了意象浑然天成的完整性，使得诗歌具有悠长阔大的艺术韵味，其乐府诗或者民歌创作的这种特点尤其鲜明。当时魏收等人以沈约、任昉为规则，而温子昇的创作实践更多地是对汉魏传统的回归。他在复兴乐府传统方面勇于实践，并使之逐渐演化为短小的绝句。这些乐府或者民歌中所涉及的经典意象，对唐诗影响很大。邢劭（496—？），字子才，河间鄚人。他擅长骈文，现存的文章多为应用文字，辞藻华丽，讲究对仗，表现了他对南朝梁沈约的文风的爱慕和仿效。邢劭的诗歌现存8首，其中如《七夕》《思公子》等，内容与形式也是摹仿齐梁诗的。魏收（507—572），字伯起，钜鹿下曲阳（今河北晋州）人。他是一位史学家，撰有《魏书》130篇。他的多首诗歌有明显学习南朝诗歌的特点，其中一些句子颇有宫体诗的风范，工巧婉媚，如《挟琴歌》。

西魏北周居于关中地区，文化保守，文学新风自是难至。虽然它与江左政权、山东政权也有过一些行聘往来，但很少涉及文学交流。真正能够为长安地区带来地域性文化交流的，主要是西魏趁侯景之乱后攻陷江陵（554），从江陵俘获不少南朝文人。庾信、王褒等一批江左文士被迁入关，开始融入并逐渐改变长安的文化风气。这一阶段可称为"长安时期"。

庾信（513—581），字子山，南阳新野人。他自幼俊迈聪敏，随父出入于萧纲的宫廷，后来又与徐陵一起任萧纲的东宫学士，成为宫体文学的代表作家。侯景之乱时，庾信奉梁元帝命出使西魏，在此期间，梁为西魏所灭。庾信亦被留在西魏。北周取代西魏后，庾信依然受到重视，被视为北周文坛第一人。庾信入北，起初十多年并未受到重视，过着贫困的生活。天和三年（568），庾信曾赋闲在家，颇感落寞，于是写下《哀江南赋》，写其故国之思，并表露了向北周统治者求官的意愿。此后，庾信在长安开始写作一些歌颂性质的公文，且撰有多篇神道碑、墓志等应酬文字，其中大量使用了骈俪化的写作手法。在庾信晚年的诗歌中，"乡关之思"是其主要的基调。其中既有感伤时变、魂牵故国的悲叹，也有叹恨羁旅、忧嗟身世的哀吟。由南入北的经历，使庾信的艺术造诣达到"穷南北之胜"的高度，在中国文学史上具有典型意义。庾信汲取了齐梁文学声律、对偶等修辞技巧，并接受了北朝文学的浑灏劲健之风，从而开拓和丰富了审美意境，为唐代新的诗风的形成做了必要的准备。与庾信一起渡江北上的，还有著名诗人王褒。

王褒（513—576），字子渊，琅琊临沂（今山东临沂）人。王褒在梁时曾写过《燕歌行》等诗歌，被广泛传诵摹仿。这首《燕歌行》主要是描写征战艰辛，塞北苦寒，却用宫体诗笔法开头，先写春风温柔之景，创造一种春闺、边地两处对立的时空感。这一特点，常常在唐代边塞诗歌中看到。入北之后，王褒的诗歌虽不免残存南方特点，但是诗歌内容充实许多，风格也发生很大变化，写了不少关于边塞和征战等方面的乐府诗，如《渡河北》《关山月》等，风格苍楚，是北朝诗歌中的名篇。

第四章　隋唐五代文学

（589—960 年）

隋朝统一全国，结束了自东晋以来长达 270 余年的南北分裂。继隋而起的唐朝，政治军事强大、经济文化繁荣，在开放的社会文化环境的积极影响下，在继承前代文学丰厚传统的基础上，唐代文学呈现出异常繁荣的局面，在艺术上取得了辉煌的成就。

唐代是文学发展的黄金时代，文坛呈现出百花齐放、名家辈出的兴盛面貌。诗歌方面，作品数量繁盛，诗人流派众多，对后世产生了深远的影响。散文方面，以韩愈、柳宗元为首的古文运动，开创了我国古典散文发展的新时代。骈文方面，则有张说、苏颋等大手笔，有李商隐、杜牧、温庭筠、段成式等骈文名家。小说方面，唐传奇许多著名的篇章如《李娃传》《霍小玉传》等，都传诵后世。唐朝五代还出现了前代所无的新文学样式，如词与变文，韦庄、温庭筠、李煜都是在词史上有深远影响的重要作家。

第一节 隋及初唐文学

隋朝统一中国，为南北文学的融合创造了有利的条件。隋代文学的作者，一部分是北齐、北周的旧臣，一部分是由梁、陈入隋的文人。南北不同文学风尚下的作家们，相互影响，促进了新时代文学的发展。隋代成就较高的诗人是卢思道和薛道衡，隋炀帝本人也善于写诗。

卢思道（约531—582），字子行，范阳（今河北涿州）人。北齐时，为给事黄门侍郎。北周间，官至仪同三司，迁武阳太守。入隋后，官终散骑侍郎。卢思道的诗长于七言、对仗工整、善于用典、气势充沛、语言流畅，已开初唐七言歌行的先声，如《从军行》，以刚健激扬的旋律刻画边塞军旅生活，改变了南朝此类题材多写思妇相思之苦的缠绵笔触，展现出贞刚之气与苍劲的骨力。薛道衡（540—609），字玄卿，河东汾阴（今山西万荣）人。历仕北齐、北周。隋朝建立后，任内史侍郎，加开府仪同三司。后为炀帝所杀。薛道衡的诗虽未摆脱六朝文学浮艳绮靡的余风，有些作品却具有一种刚健清新的气息。其代表作《昔昔盐》描写思妇孤独寂寞的心情，细腻传神，尤以"暗牖悬蛛网，空梁落燕泥"一联，最为新警。隋炀帝杨广即位以后，身边聚集的文士多出自南朝，他们的作品讲求辞采、追求对仗工整，格局不大。但炀帝本人喜爱作诗，他常在宫廷举行宴饮赋诗，以天子之尊，倡导文雅，促进了宫廷文学创作的发展。他本人的作品，如《春江花月夜二首》，清丽秀雅中又蕴含着开阔的境界，与南朝乐府之作的风格已有不同。

自唐高祖武德至唐玄宗先天年间，也就是公元618—713年，人们习惯上称为初唐时期。在这一时期，宫廷文人仍受齐梁绮艳诗风的影响，但逐步呈现出新的时代气息。沈佺期、宋之问等人进一步使律诗定型，在近体诗的表现艺术上，做了多方面的探索。"初唐四杰"提倡刚健的骨气，陈子昂以继承"汉魏风骨"为己任，使创作呈现出刚健质朴、激扬开阔的面貌。贺知章、张若虚等"吴中四士"活跃在初、盛唐之交的诗坛，其狂放超逸的性情、文采飞扬的创作，已经呈现出盛唐文学的风神。

初唐时期的文坛以宫廷文学为主。唐太宗本人好尚文雅，身边的宫廷文士，来自南北。他们提倡"文质彬彬"的美学理想，主张在以风雅为本的前提下，综合南北文风之长。如何通过南朝文学所注重的辞采声律之美，来表现新朝恢弘刚健的气象，是唐初宫廷文人在创作中最为关注的问题。唐太宗的诗作，多有表现其昔时征战经历的作品，这些作品充满豪迈的情怀，如《经破薛举战地》。唐太宗还有一些写景咏物之作，明显受到齐梁绮艳诗风的影响，如《赋得白日半西山》。虞世南是贞观宫廷诗人最杰出的代表，虞世南（558—638），字伯施，越州余姚（今属浙江）人。陈朝灭亡后，西入长安，后为隋炀帝的文学侍臣，入唐为弘文馆学士，官至秘书监，封永兴公，又工书法。其作品亦多写景咏物之作，饶有生气，如《蝉》寓意巧妙、刻画入神，后人把这首诗与骆宾王、李商隐的同题之作，推为唐人咏蝉诗的"三绝"。

武后及唐中宗朝的宫廷诗人，上官仪（约607—664）最有代表性。他字游韶，陕州陕县（今属河南）人，移居江都（今江苏扬州）。高宗时，为秘书少监，拜西台侍郎。因建议高宗废武后，为武氏嫉恨。麟德元年（664），被诬谋反，下狱死。上官仪工于五言诗，他的诗多应诏、奉和之作，辞采华美，对仗工整。如《奉和秋日即目应制》，以飘忽动感的意象，表现季节迁变之无常，极具匠心。他的作品笔法独到，情思婉转，极大地提高了五言诗的体物写景的艺术表现力，时人谓之"上官体"，成为当时人争相摹仿的对象。上官仪又撰《笔札华梁》，将六朝以来诗歌的对偶方法归纳为六对和八对，各以名物、声韵、造句、寓意定类相对，利用汉字特点使之程式化，对五言律诗的定型有积极意义。总的来看，上官仪的诗代表当时宫廷诗人创作的最高水平。

高宗武后时的王勃、杨炯、骆宾王、卢照邻四人，才华秀异，志向远大，但仕途坎坷，皆以文章擅名，史称"初唐四杰"。他们的作品表现了积极的人生理想，歌咏新朝的宏伟事业，展示了刚健的气骨。对诗歌声律的发展趋势并不排斥，其诗作的律化程度较之高宗朝前期的宫廷诗人有所提高，对歌行的创作有较大贡献。王勃在"四杰"中名气最大。王勃（650—676），字子安，绛州龙门（今山西河津）人，为隋代大儒王通之孙。9岁能文，17岁举幽素科，授朝散郎。上元三年（676），王勃往交趾省父，渡海时船覆落水，惊悸而卒，年仅27岁。他的诗气度闳放，情调昂扬阔大，在五律方面成就十分突出。五律在宫廷诗人手中经常用于唱和和咏物，到王勃这里，表现领域有了极大扩展，如《送杜少府之任蜀川》。杨炯（650—693），陕州华阴（今属陕西）人。他虽然没有战争生活的经历，但一些边塞题材的作品，充盈着豪迈的意气，十分脍炙人口，最有代表性的作品是《从军行》。卢照邻（约635—695），字升之，自号幽忧子，幽州范阳（今北京大兴）人。卢照邻在歌行创作方面最有成就，其《长安古意》是七言歌行巨制，诗作充分发挥歌行体铺叙流转的表现特色，全诗以富艳的词采、飞扬跌宕的句式，烘托出了长安城富贵繁华的气象。骆宾王（619—约684），字务光，婺州义乌（今浙江义乌）人，7岁对客作《咏鹅诗》，被人誉为神童。光宅元年（684）在扬州追随徐敬业起兵反叛，兵败后不知所终。骆宾王也擅长歌行，其中《帝京篇》最富盛名。作者将浓烈的感情贯注到对历史人生的思索之中，从而使诗的抒情深化，带有更强的思想力量，形成壮大的气势。骆宾王的律诗和绝句也多有可观，如《在狱咏蝉》，以蝉自喻，抒发自己品性高洁却无人能为己申冤昭雪的痛苦，是兴寄艺术的佳作。而《于易水送人》，则借古咏今，苍凉悲壮，意味深长。

初唐时期宫廷文学流行，受到南朝梁陈丽靡诗风的极大影响。武后时期，陈子昂对此提出了复古的文学追求。陈子昂（659—700），字伯玉，梓州射洪（今四川射洪）人。出身富豪，有豪侠之风。青年时代，他折节读书。文明元年（684）进士及第，两次上谏疏直陈政事，受到武则天赏识，被擢为麟台正字。后随武攸宜军出击契丹，因言事被降职，愤而解职还乡。回乡后，他被县令诬陷入狱，在狱中忧愤去世。他的文学思想集中体现在《与东方左史虬修竹篇序》中。他指出晋宋以来文学"彩丽竞繁，而兴寄都绝"，主张通过恢复"兴寄"与"风骨"来继承风雅传统。所谓"汉魏风骨"是指汉魏诗歌，特别是建安诗歌所表达的乘时建功、悲凉慷慨的精神意气，而"兴寄"则是汉魏诗歌以比兴寄托抒写理想情怀与内心抱负的艺术传统。在创作实践中，陈子昂有明显的复古倾向,《感遇》诗38首是其代表作。其传诵后世的名作《登幽州台歌》,将精神上的超迈高卓,以及由此而带来的巨大孤独与孤傲,淋漓尽致地表现出来。

唐高宗、武后时期,是近体诗定型的关键时期。与"四杰"同时或稍后的一批初唐著名诗人,如杜审言、李峤与苏味道、崔融等并称"文章四友"。此外,还有宋之问、沈佺期等合称"沈宋"。他们都是进士出身,入朝为官后,创作了大量奉和应制、寓直酬唱之类的作品,追求诗律精工,注重诗艺的研练,为唐代近体诗的定型做出了重要贡献。"文章四友"以杜审言成就最高。杜审言(约648—708),字必简,襄州襄阳(今湖北襄阳)人。杜甫祖父。杜审言的五、七律及排律,皆有很高造诣,七绝亦有佳作。杜审言现存近三十首五言律诗,除一首失粘外,其余完全符合近体诗的要求。在律诗艺术发展定型的过程中,杜审言的贡献可以和沈佺期、宋之问相媲美。他的《和晋陵陆丞早春游望》,是家喻户晓的佳作。五律的定型,最后应归功于沈佺期和宋之问。他们通过创作,总结出了近体诗"两句之中,平仄相对;两联之间,平仄相粘"的规则。沈佺期(约656—约716),字云卿,相州内黄(今属河南)人。他的《遥同杜员外审言过岭》一诗,声律谐畅而蕴含深厚,融入了丰富的人生感慨,是早期七言律的成熟之作,被后人称为初唐七律的样板。他的乐府古题之作，也多佳篇，例如《古意赠补阙乔知之》。宋之问（约656—约712），一名少连，字延清。汾州（今山西汾阳）人，一说虢州弘农（今河南灵宝）人。其《度大庾岭》，音律和谐、情思茫然、感人至深。《渡汉江》"近乡情更怯，不敢问来人"刻画复杂微妙的心绪，寥寥数语，就获得真切的传达，体现了极高的艺术功力。总之，经过杜审言、沈佺期、宋之问等人的不懈努力，从武后至唐中宗景龙年间，唐代近体诗的各种声律体式已定型，这对于唐诗艺术的发展有重要的推动意义。

初、盛唐之交，吴越之地的文士贺知章、包融、张旭、张若虚，号"吴中四士"。他们性格狂放、文采风流，其诗歌艺术呈现出与此前初唐诗人颇为不同的面貌，留下了许多千古传诵的佳作。贺知章的《回乡偶书》二首，乡情淳朴，情意深厚而风格洒脱。张若虚的《春江花月夜》，将男女相思离别之情，与对宇宙人生的感悟结合起来，境界深邃而阔大。这首诗体现出对宇宙、对自然、对人生阔而真挚的感情，集中地体现了盛唐人特有的精神气象。张旭是著名的草书大家，其七绝《山行留客》，飘逸潇洒。包融《武陵桃源送人》，饶有清幽之趣。"吴中四士"是很有特色的诗人群体，四士皆性情狂放，艺术上也文采飞扬，很能体现盛唐文人精神与艺术的特色。

第二节　盛唐文学

从玄宗开元年间到代宗大历初（713—766），是前人所说的盛唐时期。这一时期是诗歌创作的黄金时代，形成了载誉后世的"盛唐气象"。盛唐诗歌以开阔的精神面貌，吸取以往一切有益的诗歌艺术成就，追求壮丽雄浑和天然清新的艺术趣味，尤其在意境的创造上取得突出成绩，形成了兴象玲珑、意境深广、情深韵长的美学特色。

山水田园诗派追求以独特的艺术旨趣观照自然，表现山水田园之美，是中国诗歌的一个重要流派。王维和孟浩然的创作，正是这一诗派在盛唐的最高艺术代表。盛唐山水田园诗在继承传统山水田园诗澄怀观道、静照忘求的审美观照方式的基础上，融入了健康爽朗、积极进取的时代情调，诗歌的境界更为开阔、更为清新，艺术上能自觉将主观情兴与对自然山水的观照融合起来，更富韵外之致。

王维（701—762），字摩诘，祖籍太原祁（今山西祁县），后家于蒲（今山西永济）。开元九年（721）擢进士第，曾官右拾遗，又一度赴河西节度使幕。安史之乱，叛军攻陷长安，他被迫接受伪职。两京收复后，免罪，官至尚书右丞。王维晚年已无意于仕途荣辱，退朝之后，常焚香独坐，以禅诵为事。

王维艺术修养非常全面，颇富才华。他早年有很强的进取之志，李林甫为相时，他在终南山和蓝田辋川购置别业，过着半官半隐的生活。这种生活经历与思想追求，使山水田园诗成为王维诗歌创作的主流。王维的山水诗继承传统而又开拓出新的诗境。他描绘过华山的奇伟、终南山的阔大，展现了北方山水的丰姿。他也刻画过南方水国的汪洋浩渺、蜀中山林的幽深繁茂、大漠风光的开阔与爽朗，如《终南山》《汉江临泛》等。王维受佛教影响很深，他的诗歌从观物方式到感情格调，都受禅宗思想影响，刻画幽静之景，而有空灵的意趣，如《山居秋暝》。他的《辋川集》绝句组诗，刻画幽寂之景，表现了隐含自然生机的空静之美。盛唐时代与王维齐名的山水田园诗派代表诗人是孟浩然。

孟浩然（689—740），襄阳人，40岁以前隐居于距鹿门山不远的汉水之南。虽然也曾应举，但并未及第，终身布衣。孟浩然并非不闻世事的隐士，他也同许多盛唐士人一样，对社会、对人生怀有积极的抱负和理想，也为此远赴京洛，漫游吴越，他的《望洞庭湖赠张丞相》，就表达出强烈的用世之心。孟浩然在山水田园诗创作上有自己的艺术特点。王维善于在诗中融会多种艺术手段，对山水景象做正面深入的描写，孟浩然则善于从侧面烘托渲染，以简传神，不著一字，尽得风流，如《晚泊浔阳望庐山》。王维的诗作，善于融会佛理，刻画"空"

"静"的意趣,传达深邃的意境。孟浩然的诗作更善于表现微妙的情绪,如《宿建德江》。孟浩然继承陶渊明田园诗的艺术传统,很善于表现田园生活的恬淡和乐,其脍炙人口的作品《过故人庄》即是这方面的代表。王维和孟浩然的山水田园诗艺术水平很高,历代山水田园诗人都受到他们的影响。

与山水田园诗风格迥异,雄浑开阔、慷慨壮丽的边塞诗也是盛唐诗歌令人瞩目的题材,其最杰出的代表是高适和岑参。高适(700—765),字达夫,郡望渤海蓨(今河北景县)。高适的人生际遇变化比较大,早年生活困顿,长期浪游,人生的最后十年,仕途畅达。这样的经历,使他对生活的了解比较丰富,他的诗作也反映了比较广阔的社会生活画面。他两次北上蓟门,对边塞生活有了丰富的体验,创作了不少反映边塞生活的作品,诗中既有对边塞战争景象的描绘,也充满建功立业的豪情。其名篇《燕歌行》,描写了边地战争的种种艰辛与残酷,军队久戍、塞外荒凉、军中苦乐悬殊、敌人凶猛、久战难归。诗人既颂扬了战士的抗敌之志、不畏艰险的英雄气概,又真实地表现了士兵在赴边、抗敌、久戍过程中内心感情的种种变化。高适以刚健爽朗的精神气骨,来表现边塞生活,创造出激昂雄浑的独特境界。这使得他的边塞诗令后人难以追摹。岑参(约715—770),祖籍南阳,出生于江陵(今湖北江陵)。他曾两度出塞,分别赴龟兹(今新疆库车)和庭州(今新疆吉木萨尔县）。岑参边塞诗的突出特点是"好奇"，如《热海行》，全诗刻画热海奇异之景，充满新奇的构思与夸张的渲染，给人留下深刻印象。不仅描绘西北景色之奇，岑参更将奇景与边地将士豪迈慷慨、昂扬振奋的精神融合在一起，营造出奇伟壮丽的艺术境界，如《白雪歌送武判官归京》，胡天八月的飞雪，竟被诗人想象成在春天竞放的千树万树的梨花，荒凉寒冷的边地，挡不住诗人满腔的豪情。作者既描绘了边塞特有的寒冷景象，又表达出内心的热烈与昂扬。

最能体现盛唐诗歌成就，并在此后诗坛占据崇高地位和产生深远影响的是李白和杜甫。李白被称为"诗仙"，杜甫被称为"诗圣"。他们的诗歌创作生动形象地反映了盛唐的气象。李白（701—762），字太白，原籍陇西成纪（今甘肃秦安），出生在中亚西域的碎叶城（在今吉尔吉斯斯坦境内）。五岁时，全家迁居绵州昌隆（今四川江油），在蜀中度过青少年时代。博观百家，任侠，好游仙问道。开元十二年（724）秋，出蜀漫游。天宝元年（742）秋，唐玄宗下诏征其入京供奉翰林。一年多后遭玄宗疏远，被赐金还山。离开长安后，继续漫游，其间与杜甫相识。天宝十四年（755）安史之乱爆发，李白入永王李璘戎幕。被肃宗流放夜郎（今贵州铜梓一带），途中遇赦。宝应元年（762），李白病死于当涂，结束了他富有传奇色彩的一生。纵观李白一生，他的人生选择与出处轨迹，传达出了中国古代士人积极进取的人生理想。他不畏强权、傲视权贵，虽虔诚求仙学道，但深受儒家思想影响，以"济苍生""安社稷"为己任。他最鲜明地展示了盛唐士人追求理想、尊重自我价值、追求自由的精神气概。李白的精神是盛唐精神的集中体现，他卓然超迈的风姿，是盛唐士人倾慕的典范，而他的诗歌也最集中地体现了盛唐诗歌的艺术追求。李白的诗歌以充沛的激情和奇特的想象、极度的夸张，互为表里，共同营造了"奇之又奇"的艺术世界。这种雄奇狂放的艺术境界，也是李白胸中之奇的写照，雄奇伟岸的山水和傲岸奇崛的人格浑然一体。代表作如《蜀道难》《将进酒》《宣州谢朓楼饯别校书叔云》。李白诗歌还有另外一种风格，即天真自然，犹如清水芙蓉、秋空明月，去除了一切雕饰，以清新自然、天真活泼的情态展现于读者眼前。从体裁上看，李白主要写作古体诗、古题乐府、歌行，其中在古题乐府方面，创作成绩尤为突出。他在近体诗方面的创作相对较少，但绝句的成就很突出。从内容上看，他继承了各类体裁的表现手法，感情更为强烈，赋予这些题材前所未有的风貌，在后世赢得了广泛的尊崇。

  杜甫与李白年纪相差11岁，二人的社会经历与精神世界，都呈现出显著的差异。李白成长于盛唐最繁荣的开元时期，杜甫流离于血与火的安史之乱中。李白的诗歌是自由灵魂的歌唱，充满天真开朗的旋律。杜甫的诗歌则是深沉博大的心灵在动荡中的浴血哀歌。杜甫（712—770），字子美，生于巩县（今属河南）。他的家庭世代为官、尊奉儒家精神。祖父杜审言是初唐著名诗人。杜甫7岁能诗，20岁以后十余年中，他漫游各地。33岁时，他与李白相识于洛阳。35岁左右，他到长安谋求仕进之路，然而辗转十年，奔走权门，并无所获。直到天宝十四年（755）才获得右卫率府胄曹参军这样一个卑微的官职。安史之乱爆发时，杜甫身陷长安，他只身逃出后，投奔在凤翔的肃宗，被任命为从八品的右拾遗，不久就因事被贬为华州功曹参军。乾元二年（759）夏秋之交，杜甫辞华州功曹参军职，避难秦州。年底，进入蜀地。在成都时，他在城西修建了一座草堂。其故交严武出任剑南东西川节度使，对他多有照顾，表荐他担任了节度参谋、检校工部员外郎（后世因此称他为"杜工部"）。永泰元年（765），严武去世，蜀中大乱，杜甫失去生活依靠，不得已过起流浪逃难的生活。先是在云安居住了一段时间，后又在夔州居住了近两年。57岁乘舟出三峡，在湖北、湖南一带的水路上漂泊。大历五年（770），他在耒阳附近客死旅舟，在漂泊中结束了艰难的一生。备尝艰难的人生经历，使杜甫能够深刻体察安史之乱前的社会矛盾，以及安史之乱给国家和人民造成的巨大灾难。他的诗歌深刻地反映了这段特殊历史时期的复杂面貌，被后人称为"诗史"。

杜甫在困居长安十年间,创作了《兵车行》《前出塞》《后出塞》《丽人行》《自京赴奉先县咏怀五百字》等许多反映天宝后期社会危机的作品。在安史之乱爆发后,杜甫创作了《悲陈陶》《悲青阪》《洗兵马》以及著名的"三吏""三别"等。杜诗对历史的反映,不是简单的记录,而是以敏锐的观察揭示社会的重要矛盾,以真切的体察揭示社会的矛盾所在。杜诗的艺术开拓,在近体诗创作上表现得尤为突出。其中对律诗的开拓尤为深入。他的律诗,表现范围十分开阔,举凡社会历史、人情交往、山水游宴、羁旅咏怀,无不入诗,而且工于锤炼,细致入微。杜甫诗歌风格多样,最主要的特征是沉郁顿挫,沉郁指诗歌的情感深沉郁结,顿挫是指感情的表达反复曲折、低回起伏,这与杜甫在艺术上的推敲锤炼密不可分。在诗歌史上,杜甫是承先启后的诗人,对后世产生深远影响。宋代以后,杜甫的地位极为崇高,是无可比拟的典范。

唐代是骈文发展的重要时期,它以四六句式为主,工于对仗,故又称"四六文"。骈文是当时的重要文体,应用十分广泛,国家的军国文书、朝廷诏制、朝臣的表章奏疏、私人的书启序跋等多用骈文。科举进士考试的重要科目之一是诗赋,其中试赋采用律赋形式,律赋即是典型的四六体。这些都极大地促进了骈文创作的兴盛繁荣。唐代骈文的发展如同诗歌发展一样,也可分为初、盛、中、晚四个阶段。初唐骈文还受到齐梁文风的影响，追求形式的绮丽华靡，但也体现出新时代的气象，代表作家是四杰。盛唐时代兴盛，社会繁荣，骈文追求宽博雅正，文风雍容华贵，极大地革除了齐梁文风的影响。这一时期最杰出的骈文作者，是张说、苏颋。中唐时期，韩柳提倡古文，骈文与古文之争正式开始，骈文在这一时期的创作，其散文化的倾向增强。此期最杰出的作者当推陆贽与柳宗元。晚唐时期，骈文创作再度兴盛，并被明确冠以"四六"。晚唐骈文注重字句雕琢，采用严整的四六形式，盛唐、中唐骈文中出现的散体化趋向，此时都已趋于消歇。令狐楚、李商隐是晚唐最有成就的骈文作家。总之，唐代骈文在艺术上继承前代骈文精工藻绘的传统，又在格局、境界上积极拓展，更见开阔。同时，唐代骈文还呈现出散体化特点，对宋代骈文发展、对形成独具特色的宋代"四六"文，有着重要的影响。

第三节　中唐文学

自代宗大历至宪宗元和末年（766—820），是中唐时期。可分前后两个阶段，从安史之乱爆发到德宗贞元前期约40年间，士人多经历战乱，失去了盛唐昂扬乐观的精神面貌，这一时期的诗歌普遍流露出萧瑟衰飒的情绪，诗风清寂感伤。德宗贞元后期到宪宗元和年间，唐王朝出现短暂的中兴局面，一大批士人积极要求政治改革,提倡儒学复兴,表达了强烈的现实关怀,诗歌创作出现许多新变化,对语言、体裁、表现方式进行了多方面的开拓,在审美趣味上,或以通俗直露,或以怪奇幽僻,深刻地改变了以盛唐诗歌为代表的天真自然、风神秀朗的审美趣味。中唐韩愈、柳宗元等人提倡古文,其古文创作也对后世产生了巨大的影响。唐传奇的创作也在这一时期趋于繁荣。

生活在安史之乱爆发到唐德宗贞元年间的诗人,大多在开元盛世度过青少年时代,经历了安史之乱的动荡流离,在衰飒的时局中,深切感受到唐帝国由盛转衰的惶惑与失落,其诗歌创作逐渐失去盛唐所特有的昂扬的精神,诗风也转向幽闲的情味、宁静的意趣。韦应物和刘长卿是这一时期成就最高的诗人,活跃在唐代宗大历年间的"大历十才子",最能代表这一时期的风貌。

韦应物(737—790),京兆万年(今陕西西安)人。他的山水诗,善于用温润洗练的语言,营造超逸脱俗的意境,如《寄全椒山中道士》。韦应物用绝句与七律写成的山水田园之作,也传诵后世,如《滁州西涧》《自巩洛舟行入黄河即事寄府县僚友》。韦诗以高雅闲淡,自成一家,他的吏隐生活与体验,以及在盛世已逝的时代中的独特情感,都在中国封建社会后半期的古代士人中更具普遍性。他本人也因此被后人与王维、孟浩然、柳宗元并称为山水田园诗的典范。刘长卿(约726—?),字文房,先世宣城人,生于洛阳。刘长卿一生坎坷,心境颓唐衰飒。他的诗着重表现怀乡伤别、羁旅行役、隐逸闲适、叹老嗟卑等题材,其中渗透着国事衰弊、身世飘零的感伤。他以"五言长城"自诩,语言省净,富有远韵,如《逢雪送芙蓉山主人》。刘长卿的七言律绝,声调流畅、景象鲜明、意境浑融,形成了清空流畅的独特风格,如《长沙过贾谊宅》。刘长卿的诗作也有概念化、类型化的不足,如诗中"愁""悲""惆怅""寂寞"等词汇频繁出现,"夕阳""秋风""落叶""沧州"等意象被反复使用,秋日寒林、夕阳万山之景屡屡出现,语意雷同,这是他的弱点。"大历十才子"是自代宗朝开始活跃于台阁诗坛的一批诗人,他们的诗歌艺术成为大历诗风最典型的代表。"十才子"包括:钱起、卢纶、韩翃、李端、耿湋、崔峒、司空曙、苗发、夏侯审、吉中孚。这批诗人都有良好的艺术修养,擅长近体诗的写作,风格清空闲雅、韵律和谐流利。其中成就较高的是钱起、卢纶、韩翃、李端、司空曙。"大历十才子"的作品,视野比较狭窄,多写细碎之事,反复沉吟内心幽怨纤细的感受,缺少刚健的气骨和昂扬热烈的情感,格局较为狭小。

唐宪宗元和年间(806—820),唐诗迎来了继盛唐之后的第二个创造高潮,前人所说的中唐诗歌,主要是以元和诗坛的创作为代表。大致可以分为两派,一是以韩愈、孟郊以及稍晚的李贺为代表的雄豪险怪一派,一是以元稹、白居易为代表的平易通俗一派,各辟蹊径,走上一条全新的发展道路。

韩愈(768—824),字退之,河内河阳(今河南省孟县)人。郡望为河北昌黎,故又称韩昌黎。他贞元八年进士,贞元十九年,因上疏触犯权贵,被贬阳山令。元和十二年(817),以行军司马佐裴度平淮西,升刑部侍郎。元和十四年因谏迎佛骨触怒宪宗,被贬为潮州刺史。穆宗即位,诏为国子祭酒,长庆四年(824)因病辞官,不久病卒。韩愈是中唐古文运动的领袖,其诗歌也有很高成就。他对复兴儒学、重振道统有巨大的热情,充溢着追求理想的豪气,以及愤激流俗的傲骨。他的诗偏爱惊怖、幽险、怪异的意象,纵横排奡,风格独特。韩愈的诗歌具有典型的"以文为诗"的突出特点,将散文的章法结构、句式、虚词,以至议论、铺排手法移植到诗歌创作之中。韩愈的诗歌为后世诗人开辟出许多新的创作道路,例如宋诗的以文字为诗、以才学为诗、以议论为诗的特点就受到韩诗的影响。孟郊(751—814),字东野,湖州武康(今浙江德清)人。他一生穷困潦倒,作品以自伤身世的寒苦悲吟之作为主。孟郊以苦吟著称,苦吟与内心的愁苦融合,就形成苦涩幽僻的风格,文字上的推敲往往尖新峭刻。李贺(790—816),字长吉,福昌昌谷(今河南宜阳县)人。他作诗呕心沥血，完全将诗视为生命的寄托。李贺诗歌偏重从死亡、衰老的否定性角度去抒写对人生近乎绝望的悲剧性感受。他常常写到自己过早衰败的身体与心灵。他还善于将阴寒幽冷的气氛和香艳彩丽的辞藻叠加在一起，更见凄怆悲哀。

白居易（772—846），字乐天，祖籍太原，后迁居下邽（今陕西渭南），出生于河南新郑（今河南省新郑县）。贞元十六年（800）进士及第。他在任左拾遗及翰林学士时期，有很高的政治热情，积极进谏，屡次上书指陈时政，创作了大量讽谕诗，包括著名的《秦中吟》十首，《新乐府》五十首等。元和十年（815），贬为江州（今江西九江市）司马。这给他以极大的打击，从此开始走上以"独善其身"为主的道路。会昌六年（846）卒。白居易对新乐府的创作有相当成熟的思考，主张"文章合为时而著，歌诗合为事而作"。对于新乐府的创作，他特别提倡真实，同时又很重视其艺术性。《新乐府》五十首具有鲜明的艺术特色：一是主题明确，内容集中；二是善于选择典型人物与事件，刻画生动；三是议论醒豁，切中要害，极有锋芒；四是语言通俗流畅，多用口语俗语，很少使用典故，更不使用生僻艰深的字眼。长篇抒情叙事诗《长恨歌》《琵琶行》是白居易诗歌艺术的代表作。这两首诗在当时影响很广，后来又多次被改编为各种戏剧，更提高了其在文学史上的地位。白居易还有不少表现其闲适生活与心境的作品，其近体诗善于反映生活情状，笔触入实而又富于韵味。白居易的诗歌流畅平易，广泛流传，被称为"白乐天体"。后来还传播到朝鲜、日本等国，成为影响广泛的中唐诗人。元稹（779—831），字微之，河南（今河南省洛阳市）人。他倡导乐府诗创作，并身体力行。但有些作品概念化的倾向比较突出，不像白居易新乐府那样能塑造生动的艺术形象，不少作品主题不集中，艺术上没有白居易新乐府那样成功。元稹还留下许多很有情味的作品，如《遣悲怀三首》思念亡妻，真挚质朴，对仗工稳而又流畅自然。

刘禹锡与柳宗元也是中唐诗坛重要人物。他们的诗风与韩孟、元白两大诗派都有所不同，有着自己的特点。刘禹锡（772—842），字梦得，洛阳（今河南洛阳）人。他经历坎坷，永贞革新失败后长期遭受贬谪，内心的失意自非常人所能相比，但他的个性中有一种不屈不挠的倔强气概。如《再游玄都观》，影射当时占尽风光的权贵只能得幸一时，而自己终究要重回历史舞台，气度不凡，诗意强悍。刘禹锡还受到民歌的浸染，创作了不少有民歌情调的优秀作品，如《杨柳枝》《竹枝词》《浪淘沙》等。柳宗元（772—819），字子厚，祖籍河东解县（今山西省运城县）。他的诗大部分写于贬官永州期间。柳宗元的性格比较沉郁，对社会人事的深思敏悟又加深了他的这种性格气质，他只能将感愤时事、自伤身世的激切与愁苦,寄托在诗文创作中。因此,柳诗写百忧攻心的精神煎熬,写幽峭孤高的心境都十分深刻,这两者又常常交织在一起,塑造了柳诗的独特风貌,如《登柳州城楼寄漳汀封连四州刺史》。柳宗元与王维、孟浩然、韦应物并称为山水田园诗的四大家。外枯而中膏,似淡而实美,是柳诗的最重要特点。他的山水田园诗,善于表现孤峭高洁的境界,寄托精神上的苦闷,如《江雪》。

中唐文学除了诗歌的繁荣外,韩愈、柳宗元发起的古文运动也是一场影响深远的文体革新运动。古文作家反对流行于唐代社会的骈俪之文,主张取法三代两汉的以奇句单行为主要特征的散体之文。古文运动的兴起,有着深刻的政治社会背景和思想文化动因,反映了政治变革与儒学复兴的深刻要求。韩、柳重道而不轻文,他们主张文与道二者必须互相结合,将"文以明道"和抒发不平之鸣联系起来。韩、柳十分强调作家本人的修养,即重视作家的思想、人格、气质、品德等内在精神力量对文学创作的影响。韩愈主张"气盛言宜",体现在他的文章中,往往笔力雄健,词锋震烁,感情激烈。如《论佛骨表》就直接抨击宪宗的佞佛之举,体现了他直道而行的勇气。韩愈追求"惟陈言之务去",同时又强调"文从字顺",这就使其语言极富表现力。韩文还很善于叙事描摹,刻画了许多生动的文学形象。韩愈的文章,如长江大河,浑浩流转,有

"文起八代之衰"的盛誉,对后世产生深远影响,位居唐宋八大家之首。柳宗元早年工于骈文,被贬永州后主要转向古文创作,论说、寓言、游记、传记等,无不兼善。他的论说文虽无韩愈之文那种纵横排宕的气势,但识见高深,逻辑详密,形成了峻洁雄健、无可置辩的文风,《封建论》是其政论文的代表作。柳宗元的寓言,结构精巧而极富哲理意味,《三戒》《鞭贾》等是其代表。柳宗元的山水游记,是中国古代山水游记中的精品。他的游记为山水赋予了灵性,又不同于一般的拟人,而是寄托了高绝的意趣,因此,他以高度的艺术提炼来描写山水,或晶莹雅洁,或意态峥嵘,语言也富于特色,字句凝练,清峻自然,体现了很高的造诣。柳宗元与韩愈共为唐代古文运动的倡导者,二人彼此是文章知己,虽文风不同,政治见解也未必一致,但能彼此欣赏,对唐代古文运动做出巨大的贡献。此外,还有一大批作家,如权德舆、刘禹锡、欧阳詹、李观、张籍、吕温、白居易、元稹等人以及韩门弟子,他们共同参与古文写作,造就了古文写作的繁荣局面。

唐代传奇是中国古典小说的一个高峰。作家开始比较自觉地创作,不仅通过想象虚构、编织故事情节,而且往往以铺叙曼衍为能事,藻饰丰富、情节复杂、人物丰富。唐传奇的发展大致经历三个阶段。初盛唐时期是由六朝志怪、志人小说向成熟的唐传奇的过渡时期,题材以神鬼怪异为主,创作意图上更多地呈现自己的俳谐意趣。王度的《古镜记》、张鷟的《游仙窟》是其中的代表作。中唐时期是传奇的兴盛时期，从德宗到宣宗朝，名家辈出，题材涉及爱情、历史、政治、豪侠、梦幻、神仙等诸多方面。该时期完整保存下来的作品约40种，陈玄祐《离魂记》、沈既济《任氏传》、李朝威《柳毅传》、白行简《李娃传》、元稹《莺莺传》、蒋防《霍小玉传》是其中优秀代表。此外还有一些借寓言、梦幻以讽刺社会的作品，其中《枕中记》《南柯太守传》最为有名。晚唐时期，传奇的创作由盛转衰，此期作品数量不少，并且出现不少专集，如袁郊的《甘泽谣》、皇甫枚的《三水小牍》、裴铏的《传奇》等。《聂隐娘》《红线》《昆仑奴》《虬髯客传》等是其中有代表性的作品。唐传奇取得了高度的艺术成就，情节曲折生动、构思离奇变幻。在人物刻画方面，传神写照，极具功力。从整体上看，许多传奇作品，富于意境，以奇异绚丽的美感深深打动读者。唐传奇显示了小说这一文体在独立的历程上迈出了关键的一步，对后世的小说艺术产生深远的影响。

第四节　晚唐文学

自穆宗长庆到唐朝灭亡（821—907），这是晚唐时期。晚唐诗歌的演变可以分为前后两期，从长庆到宣宗大中年间为前期，懿宗咸通以后到唐朝灭亡为后期。前期诗坛活跃着贾岛、姚合，产生了杜牧、李商隐这样较有成就的诗人，后期的诗坛全面萎弱，以因袭前期诗风为主。五代诗坛创新不多，词这一新兴文体在晚唐五代获得深入发展，出现了温庭筠、韦庄、李煜等大家。

贾岛和姚合开创的诗风在晚唐产生了很大影响。贾岛（779—约855），字阆仙，范阳（今属北京市）人。初为浮屠，名无本。后还俗，举进士。曾任长江（今四川省蓬溪县）主簿。贾岛作诗以苦吟著称，"推敲"一典便因他著名。贾岛的五律最有特点，其内容多为羁旅怀人与萧寺孤馆之作，以萧瑟孤寒的环境烘托孤介奇僻的气质，如《寄华山僧》《宿山寺》。贾岛经常采用感情色彩十分凄清的意象，如"寒泉""寒骨""破宅""寒鸿""孤鸿"等。为了增强效果，还经常在同一诗中反复使用这样的意象。姚合（约775—约855），吴兴（今浙江湖州）人。他是贾岛的诗友，但彼此人生际遇差别很大。姚合后半生的仕途比较顺利。他没有很高的政治志向，时时流露出闲适自处的意趣，不似贾岛那样孤介奇僻。姚合的五律主要流露出沉潜和品味普通人生的闲适意趣，他很少使用奇僻的意象，而是善于以平淡的语言摹写景致。艺术上追求平淡含蓄的风格，内容上多风景流连、池台院落之作，《闲居遣怀》十首、《武功县中作》三十首等是其代表作。

第四章 隋唐五代文学

在晚唐五代诗坛，一大批诗人沿续贾岛、姚合的创作道路，用力于五律。方干、李频、曹松、张乔、许棠、李洞等人是其中代表。

晚唐还有一批工于七律的诗人，以工丽的语言创造空灵飘逸的意境，形成一种清丽感伤的诗风。晚唐前期的许浑、杜牧、张祜、赵嘏、李群玉、刘沧等人都是其中的代表，以许浑和杜牧最突出。许浑（约791—约858），字用晦。诗歌的内容比较丰富，体裁以近体五、七律为主，以清丽的风格意境，表达了萧瑟感伤的情绪，形成了很有个性的艺术风貌，其中最有特色的是怀古诗，如《咸阳西城门楼晚眺望》，其中的"山雨欲来风满楼"更是脍炙人口。许浑很注重字句的雕琢锻炼，对偶工整自然。在声调平仄方面，许浑深谙韵律，粘对得法，平仄合辙，有时也作拗体，别具一格。他的诗歌在晚唐也有很大的影响。

杜牧和李商隐是晚唐诗坛成就最高的诗人，被后人称为"小李杜"。杜牧（803—852），字牧之，京兆万年（今陕西省西安市）人。杜牧有理想、有抱负，对现实十分关注，尤喜谈兵，认为军事关乎国家的兴亡，主张削平藩镇，收复边疆。他的诗歌有对现实的关怀，如《郡斋独酌》反映了民不聊生的现实，表达了削平藩镇、收复失地的愿望；如《河湟》诗对国势衰微，无力收复河湟，表示无限忧愤。杜牧的咏史诗尤其有着强烈的现实关怀,在写作上取得很高的成绩,如《过华清宫三绝句》对"一骑红尘妃子笑"的描写,语意辛辣,寄托了深刻的现实感慨。杜牧一生有很长时间是在繁华的江南度过,歌舞声色的内容不时在作品中流露出来,如《寄扬州韩绰判官》的"二十四桥明月夜",《遣怀》的"十年一觉扬州梦"等。从艺术上看,杜牧的古诗受到韩愈古诗的影响,善于叙事、抒情、议论,造句瘦劲。尤其是七律和七绝为最出色。这些作品能在短短的两句或四句中,勾画出一幅画面,或表达出深曲蕴藉的情思,为晚唐诗坛平添许多色彩。李商隐(812—858),字义山,号玉溪生,又号樊南生。原籍怀州河内(今河南省沁阳县),自祖父起迁居郑州(今河南郑州市)。他受到当时牛李党争的牵连,一生沉沦下僚。李商隐受儒家思想影响较深,一生关心国家命运,虽因党争的压迫而沉沦失意,但不改其正直孤介的操守。描绘了京西郊区荒凉凋敝、民不聊生的凄凉景象的《行次西郊作一百韵》,反映甘露事变而猛烈抨击宦官专制的《有感二首》《重有感》《曲江》等作品,均表现了他道义的勇气。李商隐的咏史诗在后世很受推重,这些作品既体现了以史为鉴的深刻用心,又有深沉的感慨,艺术上情思并重,代表了晚唐咏史诗的最高水平,如《隋宫》《马嵬》等。李商隐的咏物诗既能细致地表现所咏之物的形态,又寄寓着诗人自己的身世之慨,体物与咏怀合二为一,以《蝉》为代表作。李商隐集中的"无题"诗,以及还有相当数量类似无题的作品,基本与爱情有关。这些作品将对人生和命运的领悟融进对爱情的体验中,深刻地表达了爱情幻灭的悲剧性体验。在艺术上,无题诗采用的诗体有五古、七古、五律、七律和七绝,作者并不特别记述具体的爱情经历,而是重在表现心灵的感受。李商隐的诗塑造了众多含蕴丰富的意象,象征着诗人追求华年时,留恋与失落、向往与幻灭交织在一起的怅惘与感伤,诗意朦胧,意蕴深远。他还善于用典,其典故取材于经典、史籍、神话、传说;手法上或正用,或反用,或据原典内涵演绎出新意。大量用典使其诗构思更加丰富,诗旨更加鲜明,抒情状物更加工巧。

唐懿宗咸通以后,唐王朝迅速衰朽,兵连祸结,时事动荡。这一时期,诗歌创作或表达对时事的讥弹怨刺,或抒发乱世悲慨与感伤情绪,代表诗人有韦庄、韩偓、罗隐、杜荀鹤等。在小品文写作上,罗隐、皮日休、陆龟蒙等人的作品,直斥现实黑暗,取得了较高的成就。五代十国(907—960)诗坛,整体创作水平不高,在艺术上并无明显开拓,主要以承袭为主,格局较小。但它是从"唐音"向"宋调"的过渡,自有其诗歌史的认识价值。

第五节　唐五代词及通俗文学

　　唐五代新开创的文体是词。词本是配合燕乐倚声填写而形成的。词的称谓很多，如乐府、曲子词、诗余、长短句、乐章、歌曲、曲子、倚声、琴趣、歌、谱等。词有各种不同的曲调，每一曲调都有一个名称，谓之词牌。每个词牌有固定的曲调，包括句数、字数、用韵的位置和平仄关系。敦煌遗书中有不少歌辞作品，主要包括曲子辞和大曲辞等。其中内容广泛的曲子辞是今天了解词在唐代起源与发展的重要资料。词兴起于民间。盛唐和中唐一些文人开始尝试词的写作，如张志和、白居易等，其风格比较接近敦煌曲子词中自然活泼、流丽婉转的特点。词到了晚唐，艺术上更加成熟，情趣上趋于雅化。

　　温庭筠和韦庄是晚唐词人的代表。温庭筠是中国文学史上第一个以词名家的人。其词今存76首，为唐代词人之冠。作品内容以闺怨、宫怨等题材为主，描摹细腻、浓艳香软。温庭筠的词以其独特的造诣，使词这一文体开始真正走向独立，开创了文人词的创作传统。他的词作风格香软秾丽，奠定了词"以婉约为宗"的基调。温词在当时即广为流传，在五代直接影响了花间词派，对宋代周邦彦、吴文英等词人都有很大影响。由于他精通音律，在词调的创新和格律的规范化方面也有突出的贡献。韦庄是晚唐时期另一位重要词人，其词与温庭筠齐名，并称"温韦"。今存词55首，在艺术风格上，韦词不像温词那样浓艳密丽，而是比较清丽疏朗。温词的意象错彩镂金，韦词则比较清新自然。在抒情方法上，温词比较深微隐曲，韦词则明白如话，直抒胸臆。

五代十国时期，西蜀和南唐是词创作最为兴盛的两个地方。后蜀赵崇祚编的《花间词》十卷是最早的文人词总集，内容以绮罗香泽、花间脂粉的风月生活为主。南唐词人取得了重要的艺术成就，以冯延巳、后主李煜为代表。冯延巳（904—960），字正中，广陵（今江苏省扬州市）人。他的词内容虽不出闺怨春愁，但很善于描写心绪的细微波动，将其表现得蕴藉缠绵，悱恻哀婉，如《鹊踏枝》"几日行云何处去"。他的词在清丽的辞藻中，融入悲凉的人生感喟，形成惆怅空阔的意境，更深入地触及了文人士大夫特有的精神世界，推动了晚唐以来词风的变化。李煜（937—978），字重光，是南唐后主。宋军攻破金陵，出降。被押送至汴京，过着囚徒生活，后被毒死。李煜词今存30余首，以亡国为界，明显分为前后两期。前期词主要描写宫廷生活和男女艳情，与花间词人相比，辞藻比较清丽，抒情自然，如《玉楼春》"晚妆初了明肌雪"。降宋以后，李煜的人生发生了巨大变化，近三年的囚徒生活，使他的感情世界变得异常丰富与沉郁。亡国之痛、故国之思、今昔对比，无时不撞击着他的心灵，使他体味到早年完全不能想象的凄凉与哀痛，词风也随之发生重大变化，如《浪淘沙》"帘外雨潺潺"。李煜后期的词作，通过个人的身世故国之思，展示了对宇宙人生的悲剧性体验，又能将这一体验通过不可遏制的愁绪来传达，取得强烈的抒情效果，极大地拓宽了词的抒情内涵。

总之，词在唐五代文人创作中，逐渐形成了独立的文体特色，尤其在题材上偏于男女之情，抒情风格偏于阴柔之美，形成了"词为艳科"的传统。

通俗文学是唐代文学的重要组成部分，它主要包括通俗诗、变文、讲经文、俗赋、话本、词文及民间歌谣等。这些作品绝大多数都是因敦煌遗书的发现才得以重新面世。由于唐代通俗文学的资料长期散佚，因此，敦煌遗书对于研究唐代的通俗文学，尤其具有突出的意义。这里着重介绍其中的讲经文、变文与通俗诗。

讲经文是俗讲的底本。俗讲是指佛教僧徒依经文为俗众讲解佛家教义的一种宗教性说唱活动。唐代俗讲十分盛行，一度达到万人空巷的程度。敦煌遗书中保存有十来种讲经文，最为完好的是《长兴四年中兴殿应圣节讲经文》，此外还有《金刚般若波罗蜜讲经文》《维摩诘经讲经文》《妙法莲花经讲经文》等，都是韵散结合，说唱兼行。说为浅近文言或口语，唱为七言，间用三三句式或六言或五言。讲经文取材于佛经，思想内容以宣扬佛教的教义为主，其中一些作品通过生动的譬喻、曲折的故事、丰富的想象、通俗的语言，将深奥的教义传播到社会民众当中，具有一定的文学价值。

敦煌遗书中的变文，又简称"变"，是唐五代流行的另一种说唱伎艺说唱变文的底本。敦煌遗书中保留的变文作品较多，《破魔变文》《降魔变文》《大目乾连冥间救母变文并图一卷并序》《八相变》等8种明确标有"变文"或"变"。此外，尚有题目残佚，据其体制推断应属变文一类的有《伍子胥变文》《李陵变文》《王昭君变文》等数种。"变文"的典型结构形式是，先录一段俗语或浅近骈体的说白，再录一段韵文体的唱辞，多为押偶句韵的七言诗，间杂以三言。"变文"的内容大体可分为三类：宗教题材、历史和现实生活题材、民间传说题材。宗教题材的变文如《降魔变文》，想象奇幻，描写挥洒，对后世《西游记》等神魔小说多有影响。取材于历史和现实生活题材的变文，如《伍子胥变文》，情节跌宕起伏，引人入胜，是敦煌变文中的代表作之一。以民间传说为背景的变文有《孟姜女变文》《舜子至孝变文》《刘家太子变》等。唐代变文作为说唱结合的长篇叙事文学，是唐代通俗文学最重要的成果。它对唐传奇产生了影响，对宋元明清的说唱文学以及戏曲艺术都有深远的影响。

唐代通俗文学中的另一重要内容是通俗诗。王梵志、寒山是通俗诗的代表作者。王梵志诗今存340余首，这些作品揭露世态人情的炎凉，反映人民的困苦生活，讽刺贪恋名利之辈，笔力十分犀利，如其《贫穷田舍汉》《吾富有钱时》。他的通俗诗以五言为主，长短不拘，一韵到底，大量运用俚语俗谚，富于谐谑讽刺的意味，具有鲜明的个性风格。寒山一生写了大量通俗诗，其内容也多为针砭世态人情、宣扬佛家轮回因果之说及道教神仙之事，也有表现山林隐逸之兴的作品。语言多用俗语口语，幽默诙谐。寒山的诗似信手拈来，机趣横溢，亦庄亦谐，在宋以后渐被重视，王安石、朱熹、陆游等人或有拟作，或有称羡。在公元八、九世纪时，寒山诗即已传播到日本，迄今仍有大量读者。

第五章　宋辽金文学
（960—1279 年）

宋辽金时期是中国历史上著名的民族大融合时期。在各民族的交流中，文学传播是重要的一环。宋朝文学以其成熟的形态、丰厚的魅力，获得周边民族的无限景仰，并成为各民族学习和模仿的重要对象，促进了当地文学的发展。同时周边民族文学的传入，也在一定程度上丰富了宋代文学的面貌。不同民族的交融，不同文学形态间的交互影响，构成这一时期气象万千的文学图景。

第一节　宋诗

宋诗在唐诗之后另辟蹊径，形成了独特的"宋调"。宋诗与唐诗堪称古典诗歌两大美学范式。此后的诗歌，或宗唐、或宗宋，大体未能超出唐宋诗范围。

宋初诗坛以模仿唐诗为一时风尚。在北宋初期的60年中，相继出现了白居易体、晚唐体和西昆体等不同的宗唐诗派。师法白居易而最有成就的诗人是王禹偁（954—1001），字元之，巨野（今属山东）人，有《小畜集》。其诗有同情人民的沉郁之作，如《感流亡》，也有清新自然的写景之作，如《村行》。晚唐体的模仿对象是中晚唐的贾岛、姚合等苦吟诗人。作者多为僧人和隐士。这派诗僧恪守贾、姚之法，致力于字句的推敲，但诗境比较狭窄。隐士诗人学习贾、姚的锻字炼句，却能脱离险怪，力求平易，以林逋为代表。林逋（967—1028），字君复，钱塘（今浙江杭州）人，隐居西湖孤山，不娶不仕，喜好梅与鹤，时人称他"梅妻鹤子"。他的诗歌颇有清逸幽远的意趣，最有名的作品当推《山园小梅》，其中"疏影横斜水清浅，暗香浮动月黄昏"成为咏梅的名句，受到苏轼、朱熹等一系列名家的赞誉。西昆体的兴起得名于《西昆酬唱集》。它是杨亿、刘筠、钱惟演等17位馆阁诗人的唱和之作，共200余首，体裁以五七言律诗为主，内容与艺术形式以李商隐为宗，讲究声律词采、堆砌事典，以致诗意晦涩。但西昆体的出现，又将晚唐五代以来的芜鄙文风扫尽，也不无是处。宋诗重视学问、好用事典的特色，西昆体导夫先路。

为宋代诗歌引入新鲜风气的关键人物是欧阳修。欧阳修（1007—1072），字永叔，号醉翁，晚号六一居士，庐陵（今江西吉安）人。他学问渊博，讲究命意，是当时公认的文坛领袖，在诗、词、文方面成就卓著。在诗歌方面，他深受李白和韩愈的影响，既有李诗语言清新畅美的特点，又以韩诗为法，将散文笔法引入诗中。欧阳修抒发个人生活情趣的作品，多以近体为之，写得清新俊朗，意态生动。咏史感事则多用古体，结构峭拔，议论奇警。欧阳修的诗歌创作扭转了五代以来诗歌的卑弱凡俗，为宋诗昭示新的景象。同时的梅尧臣和苏舜钦也是具有独特风格的诗人。梅尧臣（1002—1060），字圣俞，宣城（今属安徽）人。他仕途不顺，而诗名甚著，欧阳修"穷而后工"就是因他而提出的。梅尧臣的诗歌善于从生活中拾取诗材，拓展了诗歌的题材范围。在诗歌美学上，他追求平淡的诗风。平淡，是宋人理想的审美之境，梅尧臣的诗歌正开其端，色彩淡雅，朴素自然。宋诗也由此超越西昆体的富艳，形成自己的典型风格。苏舜钦（1008—1048），字子美，开封人。他与梅尧臣齐名，人称"苏梅"。不过他为人为文皆豪迈雄放，与梅尧臣不同。他胸怀大志，心系家国，多感时伤事之作，笔力豪纵，又含着一股沉郁顿挫之气。他是宋代较早学习杜甫的诗人。在北宋中期诗坛上，能够独标一体的诗人是王安石（1021—1086），字介甫，号半山，抚州临川（今江西临川）人。他是政坛上的风云人物，同时也是一位出色的诗人。王安石的诗歌可以熙宁九年（1076）

退居江宁为界分为前后两期。前期的诗歌有不少"补察时政"之作,咏物、咏史诗也别具一格。后期淡出政治舞台,多写抒情写景小诗,风格迥异于前期,炼字精绝,修辞巧妙,所谓"半山体""王荆公体"一般即指此类作品。他的诗歌已具有典型的宋诗面目。宋诗以才学为诗、以议论为诗的特色都在他身上有所体现。

宋诗的杰出代表是苏轼。苏轼(1037—1101),字子瞻,号东坡居士,眉山(今属四川)人。苏诗现存2700多首,题材广泛,内容丰富,以多变的风格、精湛的技巧与真率的性情,成为宋诗史上极具代表性的人物。苏轼诗歌的一大成就,就是无事不可入诗。他人难以想象、难以形容的内容,到了苏轼手中,偏能妙笔生花,别开生面,如《饮湖上初晴后雨》。苏轼写了不少政治讽谕诗,揭露新法的某些流弊,由此被捕入狱,史称"乌台诗案"。苏轼一生宦海沉浮,却以一种超然的态度,从容洒脱,豁达散淡,如《初到黄州》《六月二十日夜渡海》。这份超脱,是历代读者欣赏苏轼诗歌的重要原因。苏轼学识渊博,阅历丰富,他的诗善于从人生遭遇中总结经验,在平常事物中寄托深刻的哲理,如《题西林壁》和《琴诗》。以文为诗、以才学为诗、以议论为诗,也在苏轼手中登峰造极。苏轼才力雄浑,性情洒脱,想象和比喻丰富奇妙,因此诗备众体,诗风不拘一格,对后代影响极大。

江西诗派是影响宋代诗歌时间最长、人数最多的一个重要流派，它的开创者是黄庭坚。黄庭坚（1045—1105），字鲁直，自号山谷道人，又号涪翁，分宁（今江西修水县）人。他是苏轼的学生，也是苏轼的密友，在诗坛上二人并称"苏黄"。黄庭坚在实践中总结出一整套操作性很强的作诗方法，易于人们领会和学习，因此受到人们拥戴，逐渐形成了一个以他为首的诗歌流派。南北宋之交的吕本中作《江西诗社宗派图》，以黄庭坚为祖师，下列陈师道等25人，因为黄庭坚和半数以上的作家都是江西人，因此称为江西诗派。黄庭坚诗歌理论的中心是求新求变的独创。为此，他在构思立意、章法布局、句法安排等方面，刻意推陈出新。这种出新，又不是凭空臆造，而是建立在扎实的学问与广博的阅读之上。在诗歌章法与句法结构上，他主张回旋转折，曲尽其变。在遣词用韵上，他力避俗熟，爱用奇字僻典和拗体险韵。由此，黄庭坚形成了一种生新峭硬的诗风，被称为"山谷体"。当然，他的这些方法也容易导致因袭前人、诗意晦涩的流弊。黄庭坚中年之后的诗作淡化了奇兀突崛之感，如《雨中登岳阳楼望君山二首》等，体现出宋诗追求平淡之美的总体趋向。江西诗派中的另一代表是陈师道，与黄庭坚并称"黄陈"。陈师道（1053—1102），字无己，号后山居士，彭城（今江苏徐州）人。他走苦吟路线，黄庭坚称其"闭门觅句"，却也贴切。虽然他的诗歌题材相对狭窄，但往往蕴含着极真的情感，如《示三子》，情真语切，意味悠长。江西诗派的影响一直从北宋末期延伸到南宋，同时产生了一些新变。为江西诗派命名的是吕本中及其《江西诗社宗派图》，而推动江西诗派新变的也是他。吕本中（1084—1145），字居仁，世称东莱先生，寿州（今安徽寿县）人。他提倡"活法"之说，力图补救江西诗派末流之弊，成为南宋诗学中重要话题之一。深受其影响的是曾几，他曾向吕本中请教诗法，又将其所得传授给陆游，体现了两宋诗风传承与嬗变的脉络。南宋初期江西诗派的重要人物是陈与义，与黄庭坚、陈师道并称"三宗"。陈与义（1090—1138），字去非，号简斋，洛阳（今属河南）人。靖康之变后，多为忧时伤乱的诗篇，风格酷似杜甫，突破了江西诗派的艰涩瘦硬，代表作如《伤春》，讲究字句的锤炼，却不显山露水。此后，江西诗派逐渐式微，但余风未息。事实上历代都有不少诗坛名家受到江西诗派的影响。它是中国古典诗歌影响最大的流派。

南宋中期的诗歌以陆游、杨万里、范成大、尤袤为代表，号称中兴四大诗人，或称南宋四大家。其中成就最高的是陆游，他的诗歌内容丰富、技巧纯熟，饱含真挚动人的思想情怀。陆游（1125—1210），字务观，号放翁，山阴（今浙江绍兴）人。恢复中原是他诗歌创作的中心主题，坚定的信念、强烈的情感，使得他的这类诗具有震撼人心的力量，如《题海首座侠客像》《秋夜将晓出篱门迎凉有感》《金错刀行》。陆游还善于从广阔的日常生活中发现诗材，从琐细的事物中捕捉到诗意，并写得极富情趣，如《临安春雨初霁》《游山西村》。他善于将主观感受融入其中，体现出虚实结合的趋向，形成了瑰丽雄奇的独特诗风。陆游继承了屈原、杜甫等人的爱国主义传统，将中国诗歌的爱国主义推向一个新的高峰。杨万里（1127—1206），字廷秀，号诚斋，吉水（今江西吉安）人。他是诗人，同时也是理学家。理学注重观物、讲求心胸透脱的思维方式对他有潜移默化的影响。杨万里的诗，个性鲜明，灵动诙谐，当时有"诚斋体"的美誉。他的作品以描写自然景物和日常生活为题材的诗歌最能代表诚斋体特色。它们构思精巧，想象丰富，语言通俗易懂、机智风趣，如《小池》。范成大（1126—1193），字致能，号石湖居士，吴郡（今江苏苏州）人。他的诗歌，值得注意的有三类：其一是他使金北上途中纪行的大型组诗，共72首绝句，代表作是《州桥》。其二是继承唐代新乐府传统，反映社会现实和民间疾苦的诗作，如《催租行》《后催租行》。其三是田园诗，最有名的是《四时田园杂兴》60首，写出了田园的泥土本色，是中国田园诗的集大成之作。尤袤因为文集散佚，从现存诗文看很难与其他三人比肩。

宋代理学兴起，很多理学家通过诗歌适度抒发情性，并从中观道、体道、悟道。他们的诗歌有自己的特色，可称为理学诗。著名理学家朱熹是其中的代表。朱熹（1130—1200），字元晦，号晦庵。祖籍徽州府婺源县（今江西省婺源）。他以理学家的眼光看待世界，善于从万事万物中发现宇宙造化之理，在寻常的景物中寄寓悟道的情怀，如《春日》《观书有感》。观物悟道的理学诗外，朱熹尚有很多咏史诗和爱国诗歌，体现出一个有血性的爱国士大夫复杂的内心情感。

　　南宋后期，日益衰颓的国势、混乱的朝政，使得整个诗坛弥漫着消极颓废的情绪。诗人们或沉缅于诗酒，或悠游于林泉，逃避对现实的失望和不满，致使抗敌呼声有所低落，流连光景、写景抒情、应用酬酢之作渐多。这一时期，出现了江西诗风的鲜明对立者："永嘉四灵"与"江湖诗人"。"永嘉四灵"是永嘉（今浙江温州）地区的四位诗人：徐照（字灵晖）、徐玑（字灵渊）、翁卷（字灵舒）、赵师秀（字灵秀），因其字中各带一"灵"字，故称"四灵"。他们以晚唐贾岛、姚合为宗，主张清新平易。他们反对理学对诗歌的束缚，也反对江西派的用事和晦涩。不过四灵取径太狭，多在题咏写景、幽情琐事和酬唱应答中打转，虽有小巧清新之作，但风格大同小异，格局不大，总体成就不高。江湖诗派比四灵稍晚，是一个由江湖游士构成的松散创作群体。他们的诗歌多能反映社会底层的生活，也比较擅长写景抒情，境界比四灵稍阔。江湖诗人的创作多数未能自成一家，只有戴复古、刘克庄能自出机杼，卓然鹤立。戴复古曾从陆游学诗，后来一度推崇晚唐清幽诗风，但始终保留陆游诗风中那种雄浑气势和爱国热忱。刘克庄是江湖诗派中的大家。他的诗早年学晚唐贾岛、姚合、许浑等，后来转学陆游、杨万里。他对时事非常关心，创作了不少忧国忧民之作。

南宋末年诗坛充满血和泪。文天祥、谢翱、汪元量、林景熙、郑思肖等，用鲜血和生命写下锥心疼痛与无限哀思，为两宋诗坛留下最后的诗篇。文天祥的诗歌多表达对宋末人民疾苦的同情、对元兵烧杀抢掠暴行的愤怒、以及国破家亡的痛苦，同时也记录了他忠于国事直至英勇就义的人生遭遇和心路历程，如《过零丁洋》。汪元量在元兵灭宋时，随宋恭帝及太后等被俘虏至燕京，晚年为道士，不知所终。他亲尝国破家亡之痛，以朴素的语言、白描的手法，记叙了宋室灭亡的情景，具有诗史价值。郑思肖是南宋最著名的遗民，宋亡后坐卧皆不北向，以示不臣服于元朝。他又是有名的画家，尤善画兰，宋亡后所画之兰皆无土护根，象征遗民无家无国、无处安身。

第二节 宋词

词这一文体，在经历了中晚唐和五代时期的酝酿与发酵后,在宋代日益吸引着文人的眼光。宋人不但将词的这些特性发挥到了极致,而且完成了词体的建设,提升了词的地位,拓宽了词的境界,最终将词发展为一种独具特色的抒情表达形式。

北宋前期词坛沿袭五代风尚,或写男欢女爱、离情别绪,或展现悠闲自得的生活情趣。体制上以短章小令为主,长于抒情,多用比兴手法,风格绮丽柔婉。代表作家有晏殊、欧阳修等。他们的词中,渗入了士大夫的清雅与思致,在继承中显现出革新的一面。晏殊(991—1055),字同叔,临川(今江西抚州)人。晏殊词多写伤春悲秋、愁思离怨,风格圆融节制,略显华贵,如《浣溪沙》(一曲新词酒一杯),词中虽有悲哀,却是柔和的,以浅斟低唱的姿态,写出幽微隐曲的生命体悟及包揽宇宙的情感体会。欧阳修与晏殊词风相近,其词多有对时光不再的感慨,但这种感慨并不一味沉重,而是一种洒脱的轻愁,如《玉楼春》的"直须看尽洛城花,始共春风容易别"。欧阳修的爱情词中也颇多佳句,如"泪眼问花花不语,乱红飞过秋千去"(《蝶恋花》)、"平芜尽处是春山,行人更在春山外"(《踏莎行》),刻画细腻,一往情深。北宋前期除晏殊、欧阳修外,尚有一批词人如范仲淹、张先、王安石等,以其别具特色的创作,显示了宋词的新变。

北宋初期词风新变的重要词人是柳永。柳永(约987—

约1053），原名三变，后改名为永，字耆卿，崇安（今福建武夷山市）人。他是北宋以来第一个专力写词的作家，从体制到内容诸方面都给宋词带来重大影响。柳永发展了词的体制，他大量采用慢词长调，同时拓展了词的表现题材，而且提高了词的表现技巧，柳永词长于铺叙、善用白描、语言雅俗相间，熔写景、叙事、抒情于一炉，丰富了词体的表现力。在审美情趣上柳词有着变雅为俗的一面。他的代表作有《望海潮》《八声甘州》《雨霖铃》等。柳永是当时词坛的风云人物，有"凡有井水处，即能歌柳词"的说法，且对后世作家沾溉颇深。他的词甚至远播西夏、高丽，体现了柳词受欢迎的程度以及在词史上的重要地位。

在宋代词坛上，苏轼是最重要的一位词人。他完成了词体的全面变革，突破了"诗庄词媚""词为艳科"的传统格局，使得词成为独立的抒情诗体。苏轼对词的革新，被后人概括为"以诗为词"。"以诗为词"首先体现为以写诗的态度来写词，将词用于抒写作者自身的性情怀抱和人生感悟，举凡怀古、感旧、记游、悼亡、送别、咏史、说理等向来诗家惯用的题材，一一被苏轼纳入词中，如《江城子·纪梦》《念奴娇·赤壁怀古》。其次体现在将诗歌的表现手法移入词中，比如在词中大量用典就始于苏轼，如《江城子·密州出猎》。苏轼在词中尽情挥洒，展现自己的真性情、真怀抱，他的豪迈、疏狂、壮志、哲思、苦闷、浩叹，无不流泻在词中，充满动人魅力，极大地拓展了词的情感内涵和风格境界。苏轼被视为豪放词的代表，但他的词风不拘一格，并非"豪放"二字所能概括。他有不少情致婉约、细腻宛曲之作，如《卜算子》（缺月挂疏桐）、《水龙吟·次韵章质夫杨花词》。总之，苏轼大大提升了词的地位，扩大了词的表现功能，开拓了词的风格境界，建立起一种新的美学风范，在词风转变过程中具有关键性意义。

北宋后期词坛，婉约词风仍然是主流，音韵格律进一步得到规范，长调慢词也得到进一步发展，主要作家有晏几道、秦观、周邦彦等，其中又以周邦彦成就最高、影响最大。晏几道（1038—1110），字叔原，号小山，与其父晏殊合称"二晏"。他常以感伤笔调追忆往昔繁华生活，技巧圆熟，小词尤美，如《鹧鸪天》（彩袖殷勤捧玉钟）。秦观（1049—1100），字少游，号淮海居士，高邮（今江苏高邮）人。他是北宋婉约词的代表作家，被后人誉为"婉约正宗"。他将小令作法引入慢词，用小令的含蓄深婉，来弥补慢词疏散直露的不足，达到情辞兼胜的艺术效果。其词情调柔婉、语言精美、长于抒情，上承柳永，下启周邦彦。秦观词的内容多写男女恋情和离愁别绪，但能将身世之感融入其中，为婉约词别开生面，如《满庭芳》（山抹微云）、《踏莎行》（雾失楼台）。周邦彦（1056—1121），字美成，号清真居士，钱塘（今浙江杭州）人。周邦彦词作题材近于柳永，多写风月艳情和羁旅愁恨，但较为含蓄淡雅。周词善于铺叙，意象密集，又巧于结构，词的章法并不显得杂乱繁沓，而是开合动荡、张弛相间，回环曲折而法度谨严，如《六丑·蔷薇谢后作》。周邦彦精通音律，在词的声律方面贡献尤大。他大量创制慢、引、近、犯等新调，如《玲珑四犯》将四个不同调子结合一起，《六丑》将六种不同调子结合一起，都是难唱之调，如此进一步繁荣了词的体制。周邦彦对南宋词坛特别是姜夔、吴文英、张炎等人影响深远，被视为南宋格律词派的开山之祖。

南北宋之交的巨大变故，对南渡词人群体创作有直接的冲击，使得其词风产生了明显的变化。这一时期的代表作家有李清照、朱敦儒、张元幹、张孝祥、岳飞等。李清照（1084—1155），号易安居士，济南人。她明确提出词"别是一家"，强调词所特有的音律、语言、情韵等美学特征。李清照现存词70余首，以靖康之变为界，大致可分为前后两期。前期词多写闺中少女之乐、夫妻恩爱之情，如《一剪梅》（红藕香残玉簟秋），笔调轻柔，情意缠绵。从靖康元年起，李清照迭遭国破、家亡、夫死之痛，人生命运的变更，使其词风由前期的温情脉脉转向感喟家国之痛的苍凉凄清，《声声慢》是代表性作品。李清照的词善于展现女性的独特心理，并擅长以白描之法写含蓄之情，后人将其称为"易安体"，并成为后世作家效仿的对象之一。南渡词坛上,朱敦儒的词具有鲜明的自我抒情特色,上承东坡,下启稼轩,在宋代词坛颇有影响。朱敦儒(1081—1159),字希真,洛阳人。他在南渡之前即有"词俊"之称,词风狂放洒脱,如《鹧鸪天·西都作》。靖康之难后,民族的悲剧和社会的苦难使其词一变为忧愤凄壮,如《采桑子·彭浪矶》。朱敦儒的词不论叙事抒情,还是赋物纪游,都带有强烈的自传色彩,反映了他一生的情感历程,而且语言清新晓畅,被人称为"朱希真体"。有别于怀旧之词的,是那些能够直面现实苦难并企图有所改变的词作。比如,张元幹《石州慢·己酉秋吴兴舟中作》发出"群盗纵横,逆胡猖獗。欲挽天河水,一洗中原膏血"的呐喊。张孝祥《六州歌头》"长淮望断"抒爱国之情、忠义之愤。抗金名将岳飞的《满江红》代表了当时抗战的最强音。

南宋中期词坛上,辛弃疾是最为耀眼的词人之一。他以慷慨纵横、雄深雅健的词风步武苏轼,确立并发展了豪放一派。辛弃疾(1140—1207),字幼安,号稼轩,历城(今山东济南)人。生于沦陷区,自幼有恢复中原的志向,曾亲自组织抗金队伍与金人作战。只可惜南宋朝廷苟且偷安,致使他请缨无路、报国无门。他的一腔报国热情,倾吐在他的文学创作中,散文议论奇警,诗歌悲壮雄豪,词作成就最高。辛弃疾现存词620余首,是两宋词人中存词最多的作家。在内容上,他进一步扩大了词的题材范围，不仅是以诗为词，而且以文为词，题材范围比苏词更为广阔，几乎使词起到了与诗文同等的社会功效。辛弃疾作为一个乱世之中的伟大爱国志士，抗战救国是其创作的主题。他利用酬唱赠答、写景咏物、怀古咏史多种题材，抒发自己强烈的抗敌爱国的决心，《永遇乐·京口北固亭怀古》是其中的名作。辛弃疾因受到朝廷压制，退居乡村几达20年，因此其农村闲居词数量颇多，为词注入了一股清新自然的乡村气息，如《西江月》（明月别枝惊鹊）。辛词在艺术创作上也有较大发展，首先是意象选择自由灵活，五光十色。其次将古文诗赋的比兴、典故、章法、议论、对话等艺术手法运用于词中，如《摸鱼儿》（更能消几番风雨）之联翩用典。辛词还熔铸经、子、史、小说的语言入词，突破了词与其他文体的语言界限，增强了词的表现力，丰富了词的语言。辛弃疾继承并发展了苏轼开创的豪放词风，以文为词，并将爱国主义注入词中，把词作推向了一个更高的境界。无论在当时还是后世，辛词都产生了强烈而深远的影响。和辛弃疾同时或稍晚的南宋词人中，受辛词影响的多达数十家，他们共同构成了豪放爱国词派。曾和辛弃疾以词唱和的韩元吉、陈亮、刘过等堪称其辅翼。辛派词人追求豪迈洒脱，但往往有粗率外露、缺少余蕴的毛病。刘克庄是南宋后期成就最高的辛派词人，其词多以国事为念，充满忧患意识和强烈的危机感，在一些方面的拓展甚至超过辛弃疾。他的词风格雄肆,虽亦有粗疏之弊,但他优秀的作品往往能有慷慨悲凉之气,如《贺新郎·送陈真州子华》。刘辰翁的词风在遗民词人中最近辛弃疾,但他已无辛弃疾那么豪迈洒脱,而多为追悼故国、感情沉痛之作。

南宋中期,在辛派词人外,另有以姜夔为首,史达祖、高观国为辅的格律词派,直追辛派词人。其影响下及宋末元初,吴文英、周密、王沂孙、张炎、蒋捷等人,皆远绍周邦彦、近以姜夔"雅词"为宗,追求音律的严整,字句的雕琢,讲究含蓄婉转,在词的艺术技巧上有所发展。姜夔(约1155—约1221),字尧章,号白石道人,江西鄱阳人。一生清贫自守。他兼通诗词文及书法,尤精音乐。他的词中17首为自度曲,是现存唯一的宋代乐谱,为后世研究音乐史、词史提供了宝贵资料。姜夔词的佳作集中在感世伤怀、恋情、咏物等题材。《扬州慢》描写扬州战后的破败荒芜,情调悲凉,是其代表作。姜夔词用语的一大特色是"清",即其语言和意象表现出清丽、清雅甚至清寒、清冷。姜词下字用意,皆力求反俗为雅,被后人奉为雅词正宗。姜夔于婉约、豪放之外别立"骚雅"一派,以清劲清刚之笔法挽救传统婉约词的柔靡软媚,又以骚雅蕴藉之风神补救辛派末流的粗犷浮躁,卓然成为南宋词坛大家,对南宋末期乃至后世词坛影响不绝。吴文英(约1207—约1269),字君特,号梦窗,四明(今浙江宁波)人。

吴文英词作数量在南宋仅次于辛弃疾和刘辰翁,但多应酬唱和、伤时怀旧、咏物写景之作,视野较狭。惟其在艺术技巧上创造性地发展了周邦彦、姜夔之词,以跳跃式的思维和结构、怪异生新的语言而成为词坛大家。其代表作是词史上最长、达240字的自度曲《莺啼序》。吴词语言生新怪异,爱用具有强烈感觉性或情绪性的刺激字眼。而其词境的模糊性、多义性,又带有现代意识流的超前意味。吴文英在艺术上的独特营造,对词的发展做出重要贡献,产生了较大影响。

南宋灭亡后,词坛上形成了"遗民词人群"。这个群体大致分为两派,一是继承姜夔格调,代表人物有张炎、周密、王沂孙、蒋捷。二是以辛弃疾为宗,代表人物有刘辰翁、文天祥等。张炎(1248—约1320),字叔夏,号玉田,临安(今浙江杭州)人。他著有《词源》二卷,上卷论音律,下卷论词的创作。涉及音律、字面、句法、章法、用事等技巧。其论词重协律,宗法姜夔,对后世影响较大。张炎词多以凄凉萧瑟之音,备写身世盛衰之苦,风格与姜夔相近,代表作是《解连环·孤雁》。周密受吴文英影响较大,但后期遭受亡国之痛,词风转为苍凉,如《一萼红·登蓬莱阁有感》。王沂孙以工于咏物著称,如《天香·龙涎香》等,隐含了凄迷的故国之思。蒋捷秉性孤介,其词独辟蹊径,兼有豪放清空、沉郁含蓄之美,其《虞美人·听雨》便是兼融豪放与婉约之意的佳作。

宋亡之后，词坛凄音苦调满耳，辛派后劲尚有一些激昂之气。但与辛弃疾的英雄豪气不同的是，此时的激昂不免空泛，语言也失之粗豪。惟其耿耿爱国忠心，令人肃然起敬。

第三节　宋文与小说

在宋代，古文实现了实用性与审美性的完美结合，形成平易畅达、简洁明快的主流风格，开辟出全新的艺术境界。古文以外，宋人用古文之句法与气韵改造骈文和赋，创造出带有散体化风格的四六和文赋。同时，由于宋代城市经济的繁荣与市民阶层的兴起，极大地推动了话本小说的流行，并以其世俗化的风貌，与雅正的诗文传统形成鲜明对照，显示出强大的生命力。此外，文言小说也值得注意。

晚唐的浮艳文风，贯穿五代和北宋初期，一直延续到宋仁宗年间。仁宗时期，欧阳修逐渐成为文坛领袖，并领导了文风革新。他提倡文道并胜的文章，在理论上为诗文革新指出了正确的方向，同时他又以自己的文学活动影响了古文写作。在欧阳修的带领下，涌现出一批优秀的散文名家，以其平易畅达、反映生活的创作，使北宋中叶成为唐代古文运动以后的又一个散文的繁荣时期，诗文革新运动至此始竟全功。

在欧阳修等人发起诗文革新之前，北宋散文创作较有成就的作家是王禹偁、范仲淹。诗文革新兴起后,代表性作家除了成就最高的苏轼外,还有苏洵、苏辙、王安石、曾巩等,可谓群星璀璨。

王禹偁的创作多以散体形式表现出对现实政治和民生疾苦的热切关注,抒情写志真实自然,形成了简朴平易的文章风格,代表作是《待漏院记》。范仲淹的文章于写景之中寄情寓志,亦较有特色。《岳阳楼记》是他最负盛名的篇章。其中"先天下之忧而忧,后天下之乐而乐"的议论,成为有宋一代士大夫精神理想的写照。苏洵长于策论,其文往往能从历史上的兴衰成败和重大的政治措施出发、联系现实政治军事中的有关问题进行议论,析理透辟,见解深刻,针对性很强。《权书》十篇和《衡论》十篇是他议论文的代表作。苏洵的议论文章辞锋犀利、纵横开合、善用排比,有战国策士之风而又具宋人简炼质实的特色。苏辙的议论文善以譬喻、铺陈进行说理,论述委曲详备。其游记文往往写景传神,如在目前,《黄州快哉亭记》是他的名篇。王安石是北宋著名的政治家,他的散文创作与政治事业紧密相联。王安石散文最突出的特色是长于议论。他的文章措辞简炼、语气决绝、逻辑谨严,表现出一个锐意进取、执着己见的政治家风范,如《上仁宗皇帝言事书》《答司马谏议书》。王安石的其他文章如书札、小品、游记等均能在写景叙事之中引出发人深思的议论,如《伤仲永》《读孟尝君传》。曾巩的散文无论叙事、说理，都周密详实，受欧阳修文风影响较大。其序文、杂说、小品、往往于条理分明的叙述中谈古论今、深寓理趣，如《墨池记》。

欧阳修、苏轼是宋代古文最有代表性的作家。欧阳修散文在韩愈的雄肆、柳宗元的峻切之外，另外开辟了一种新的文风。其总体风格是平易自然、婉转多姿，别有一种从容舒缓、纡徐委备的风姿，人称"六一风神"。其散文题材多样，大致可分为议论、记叙两大类。欧阳修的政论、史论文指陈时弊，析理详赡，笔端常带感情，如《朋党论》《伶官传序》。其记叙文包括记人、叙事、写景诸方面。记人、叙事文章，内容多关涉人生穷达、盛衰变幻、生死离合，均能在简而有法、纡徐有致的叙述中寄寓感慨，有浓厚的身世之感，如《梅圣俞诗集序》。写景文则往往借景抒情，纡徐委婉，摇曳多姿，《丰乐亭记》《醉翁亭记》《秋声赋》等都是这类文章的代表。

苏轼是与韩、柳、欧齐名的散文大家，他的散文众体皆备、内容广博，在吸收前人成果的基础上有独特发展，代表了宋代散文发展的最高成就。苏轼的政论往往能从北宋现实出发，提出治乱图强的政治见解。其史论则爱翻新出奇，发古人所未发，而又能言之成理，不作空论，如《贾谊论》。苏轼的杂记类文章包括各类亭台记、游记、人物传记、书信等。这类文章往往记叙、描写、议论相结合，神随笔至，做到诗情画意和深邃哲理的统一，《石钟山记》是其代表。苏轼散文成就极高。从立意和布局谋篇看，皆能突破传统、新颖奇特、变幻多姿。从艺术手法看，苏轼散文无论长篇短制皆能记叙、描写、议论相结合，情、景、理相统一。从风格看，苏轼散文通脱自然、情感真挚，有一种酣畅淋漓的气势和灵活流转的风姿。

南宋的散文可分为前后两期。前期散文以国计民生为忧，直抒胸臆，情调昂扬激越。从岳飞的誓师词《五岳祠盟记》到宗泽的《乞毋割地与金人疏》、李纲的《论天下强弱之势》、张浚的《论复人心张国势疏》、胡铨的《戊午上高宗封事》等，都具有这个特色。此外，李清照的《〈金石录〉后序》、辛弃疾的《美芹十论》、陈亮的《上孝宗皇帝第一书》，以及陆游的《入蜀记》和《老学庵笔记》，也均各具风神。南宋后期散文是在朝代迭替的变换中诞生的，其内容或表现誓死卫国的爱国精神，或寄亡国之思，哀痛中蕴悲壮之气，如文天祥的《〈指南录〉后序》和谢翱的《登西台恸哭记》。

宋初骈文多沿袭唐人旧制，较早对骈文进行改革的是欧阳修。他在写作骈文时，融入散体单行古文笔法，减少典故的使用，不严求句式对偶工整，促使骈文趋于散文化。此后，曾巩、苏轼、王安石皆效其体，使这种新体四六得以流行。其中苏轼成就最为突出，他善用古人成句组成偶对，引用经典却明白畅达，秉承他一贯的行云流水、挥洒自如的风格，如《乞常州居住表》《谢量移汝州表》等，皆脍炙人口。北宋末至南宋前期，骈文家汪藻、孙觌、洪适、綦崇礼、周必大等，继承欧苏传统，打破四六格式，运散入骈，并形成了在骈文中使用长句的风气。汪藻的《隆裕太后告天下手书》是此时的名篇。南宋后期，骈文家李刘、方岳，文风流丽，用典稳贴平易，语言清新，代表了末期的骈文特点。李刘的《贺丞相明堂庆寿并册皇后礼成平淮寇奏捷启》用典对仗十分工巧贴切，方岳的《两易邵武军谢庙堂启》用骈文叙事，尤为难得。宋代骈文一体不仅在官方文体中广泛运用，在民间也有着深厚的影响，如社会上通行的碑文、青词、祝疏、上梁文甚至小说戏文中，都习用"四六"。理论方面，宋末王应麟的《辞学指南》，讨论了四六文的作法，并附有范文，是一部较为系统的骈文理论著作。

宋代辞赋以文赋为主，兼有其他赋体，如律赋、骚赋等。文赋指用古文写作的赋，不拘骈偶、结构松散、句式灵活，更近于散文，可说是特殊的一类散文。宋代著名的文赋，如欧阳修的《秋声赋》、苏轼的《前赤壁赋》等。文赋融写景、抒情、叙事、议论于一体，体现出纪实叙事性、议论性和灵活性三个主要特征。律赋至唐大盛。北宋神宗以来，科举渐重经学，促使文人由诗赋的极妍精工转向经义策论的理论思考。因此，只是在北宋初到仁宗年间，由于科举仍沿唐制，加之西昆体的兴盛，律赋曾流行过一阵。从北宋后期至南宋灭亡，大宋王朝一直被内忧外患所困扰，骈散结合的骚体赋与文赋逐渐流行。由于议论成分的大量增加，赋体从此更流于政论化、散文化。

话本，原意是说话人讲故事用的底本。说话本是一种民间伎艺，在唐代已经萌芽。到了宋代，随着城市的繁荣和市民阶层的扩大，说话艺术应市民的文化需要迅速在瓦舍勾栏流行起来。有些说话人把自己说唱的故事用文字记录下来，以作备忘和传授之用。说话便由口头文学发展为书面文学。宋代话本数量很多，但大部分已失传。现存话本除少数单行本外，多散见于《京本通俗小说》《清平山堂话本》《古今小说》《警世通言》《醒世恒言》等书。

由于话本崛起并兴盛于宋元时代，文学史上一般将其作品统称为宋元话本。其题材大致可分三类，即讲史、说经、小说。讲史是讲述前代历史故事并加以评说，是后代历史演义小说的先驱。说经，即讲佛经故事。小说类的篇幅一般较短，以市民生活为主，所以又称之为白话短篇小说。小说类话本是宋元话本中数量最多、文学成就最高的一类。小说话本的艺术成就，首先表现在塑造了一批下层劳动人民的艺术形象。其次，小说话本以白话代替文言，形成了通俗、生动、活泼的白话文学语言。再者，情节曲折、引人入胜也是小说话本的特色。宋代小说话本是中国小说史上的重大转折，开创了古代小说的新局面。小说类话本的代表作品有《碾玉观音》《快嘴李翠莲》《错斩崔宁》《西湖三塔记》等。讲史家的话本又称平话，多是说话人根据史书和各种野史笔记、民间传说加工整理而成，如《武王伐纣平话》《三国志平话》《薛仁贵征辽事略》等。讲史话本一般篇幅较长，分回讲说，于是有了回目。其体制规模为明清演义小说奠定了基础，并形成了独特的民族风格。说经直接源于唐代僧人的俗讲变文。现存宋元说经的代表性话本是《大唐三藏取经诗话》，虽然总的艺术成就不高，但却为长篇小说《西游记》的创作提供了最早的素材。

通俗的话本小说在宋代取得巨大成功的同时，文人创作整理的文言小说也在社会上广为流行。二者并行，互相渗透。宋代文言小说，多收集在《太平广记》《夷坚志》《醉翁谈录》等书中。其内容主要有叙鬼神灵异和虚诞怪异之事，以及记述历史、现实人物及相关的轶闻趣事。宋代文言小说尽管成就不高，但在中国文言小说发展史上起着承前启后的重要作用，并对元、明两代的戏曲、杂剧有一定影响。

第四节　辽、金、西夏及其他民族文学经典

在宋代文学不断发展的同时，辽、金、西夏也取得了各自

的文学成就，不但充分吸纳汉民族文学的养分，而且汇入北方游牧民族所特有的质朴刚健的气息。其他少数民族也创造了众多风格各异的文学经典，构成了我国文学的多样性。

辽（916—1125）是契丹族在我国北方建立的一个多民族政权，与五代、北宋对峙了160多年，思想文化方面多受中原地区的影响。辽代君臣后妃颇喜文学，多有诗才，其中以道宗耶律弘基及其妃萧观音、天祚帝妃萧瑟瑟最为出色。契丹大臣及汉人入辽为宦者也多有诗文创作。总的说来，辽代文学多效唐宋人笔法，受白居易、苏轼影响较大，又颇具刚健质朴的民族特色，但毕竟数量有限，艺术上也较粗糙，与中原地区难以相较。

金（1115—1234）是继辽之后女真族在我国北方建立的政权，曾深入中原并先后在中都（北京）和开封定都，与南宋对峙近100多年。金朝更深入全面地接受了中原文化的影响。金代文学以诗、词、曲成就较高。其发展可分为三个时期：一是金建国之初，政局不稳，战争频仍，文坛上只有被迫仕金的辽、宋旧臣，整体文学成就不高。二是金建国三四十年后，与南宋进入对峙阶段。这一时期出现了一批文学之士如蔡珪、党怀英、王庭筠等。他们的诗歌师法宋朝苏轼、黄庭坚等人，多绘景状物，表现优游闲适之情。在此期间值得一提的是王若虚的文学批评。他论诗文主平易自然，反对雕琢奇险，对金代文学创作和其后元好问的诗论有较大影响。三是金代后期，受蒙古人侵扰，社会动荡，民生困苦。忧时伤乱、立志报国成为这一时期诗文的主旋律。代表诗人是杰出诗人元好问，以及赵秉文、赵元、宋九嘉等。

元好问（1190—1257），字裕之，号遗山，太原秀容（今山西忻县）人。金亡后，致力于金代史料的搜集整理，并编撰金诗总集《中州集》传世。元好问现存诗歌1400余首，在金代诗人中数量最多。由于身经金元易代的乱离之苦，他的诗多反映蒙古军入侵带给国家人民的巨大灾难，表现出对敌人的憎恨和对故土的怀念，如《岐阳三首》之二、《癸巳五月三日北渡》其一。元好问又是金代最杰出的词人。其词以心系国事、抒忧感愤为基调，风格雄放，有如苏辛，代表作为《水调歌头·赋三门津》。他也有一些绮丽缠绵之作，《摸鱼儿·雁丘辞》是其名篇。元好问在诗歌理论上也颇有建树。他的《论诗绝句三十首》系统地论述了建安以来的重要诗人及其风格，推崇清新自然、雄浑豪放的创作，反对雕琢华艳的倾向。这种理论主张对当时和后代的诗歌创作及理论都有较大意义。

诗文以外，金代通俗文学的成就也很突出，尤其是金院本和诸宫调。院本是杂剧艺人演出的脚本，金代院本在北宋杂剧基础上进一步发展，直接启示了元杂剧创作。诸宫调则是一种说唱文学。金代诸宫调以董解元《西厢记诸宫调》成就最高。

第五章 宋辽金文学

《西厢记诸宫调》原本为唐代元稹的小说《莺莺传》，但对主体情节、人物安排、故事结局都做了重大的改变，并表现了新的思想主题。《董西厢》在艺术上也取得了很高成就。它将原来情节单纯的小说改编为结构复杂、情节曲折的大型说唱文学作品，增强了作品的趣味性和艺术感染力。它还擅长刻画人物心理，以景物描写渲染气氛，突出主题。《董西厢》在由《莺莺传》到王实甫《西厢记》的发展中起到过渡作用，代表了当时说唱艺术的较高成就，对元杂剧的语言、风格都有深刻影响。此外，金代诸宫调作品还有无名氏《刘知远诸宫调》和王伯成《天宝遗事诸宫调》两种。

西夏是位于宋朝西北的少数民族政权。西夏王朝在广泛吸收汉文化的基础上，尤其注重对礼仪文化和佛教信仰的吸纳。因位于古丝绸之路的要冲，境内多民族混居，西夏文学带有民族融合的特色。西夏乾祐七年（1176），梁德养完成了谚语《新集锦合辞》的选编工作，反映出多民族的生活内容与特点。西夏的诗歌有浓厚的民谣风味，诗句长短不一，没有中原汉诗那样严格的格律要求，内容多为颂扬西夏祖先及劝人为善。其中《夏圣根赞歌》堪称一首小型的西夏史诗。

此外，其他少数民族的文学经典还有以下几部，蒙古族的《蒙古秘史》、史诗《江格尔》和《格斯尔》，藏族长篇史诗《格萨尔王传》，还有突厥语民族的《玛纳斯》《乌古斯传》

《福乐智慧》《先祖库尔阔特书》和《突厥语大词典》等文学经典。它们共同构成了我国文学的多样性,成为中国文学史上的不朽之作。

第六章　元代文学
（1279—1368年）

1206年，蒙古族首领成吉思汗在漠北建国。忽必烈继位之后，于1271年改国号为"大元"并迁都大都（今北京）。本章断限自1279年南宋灭亡，元朝统一中原地区为始，至1368年被明朝取代为终，共历时98年。

元朝是中国历史上第一个由少数民族统治中原的王朝，在文化与文学上彰显出与前代截然不同的取向与特质。元代是一个民族众多、疆域辽阔的朝代，所以文学形式与思想体现出丰富与融通的特点，文学创作和风格体现出民族性、地域性的特点。又因为蒙古统治者对文士采取鄙弃的政策，其地位比起以前时代大为降低，因此文士或退隐山林，或混迹市井，而文学主题也由传统重视讽谕、教化、明道的功能，转向隐逸、山水、调笑、戏谑等内容。由此形成了元代俗文学异军突起的局面，颠覆了之前雅文学占据主流的文学格局。元代文学的独特性在于加速了雅俗文学前所未有的融合。这是元代文学的重要贡献。

从整个中国古代文学史着眼,元代文学所展现的新现象与新风格,充分展现了这一朝代区别于其他朝代的独特风貌,成就其独特的地位。

第一节　元代杂剧

杂剧是元代文学最具代表性的艺术样式,与唐诗、宋词一样名标一代。元杂剧上承宋代杂剧和金代院本发展而成,因其主要流行于北方地区,又称北杂剧。它是融合各种表演艺术形式而成的一种完整的戏剧形式。元杂剧在唐宋以来话本、词曲、讲唱文学的基础之上,形成了大量具有固定文体形式的成熟剧本。

杂剧的表演,由演唱、道白、表演三个部分组成。演唱时,每本只由一人主唱。元杂剧的角色分工,有旦、末、净、外、杂五大类。道白又叫"宾白",根据剧情需要,分为独白、对白、背白、旁白、同白、插白、内白、带白等类。表演动作、人物表情及歌舞、武打等舞台效果叫作"科"或"科介",包括做工和武工两个方面。

元杂剧的类别,以主要题材来分,有包公戏、水浒戏、三

第六章 元代文学

国戏；从主要类型来说，有爱情剧、公案剧、历史剧、神仙道化剧等。元杂剧反映生活的广泛深刻、塑造人物的复杂多样，充分展现出了元代社会斑斓多彩的面貌。元杂剧创作分为前后两期。前期创作以北方为中心。大致到大德末年以后，北方杂剧作家纷纷漫游或迁居南方，南方文人也多有杂剧创作，杂剧创作活动的中心逐渐由大都转移到杭州。由此到元末是元杂剧的后期。元杂剧的代表作家是被称为"四大家"的白朴、关汉卿、马致远、郑光祖。

白朴和关汉卿是元代早期的作家，主要活动地区在真定和大都。

白朴（1226—?），字太素，号兰谷，隩州（今山西河曲）人。白朴身历乱世，母亲在逃难中失落。自幼由著名诗人元好问抚养长大，文学修养赖其熏陶，思想也受其影响，淡泊名利，终身未仕。至元成宗大德十年（1306）尚在世，此后行踪不详。白朴著有杂剧15种，题材多出自历史故事和民间传说，剧情则多为才子佳人的婚姻、爱情韵事。《梧桐雨》，全名《唐明皇秋夜梧桐雨》，取材于白居易的《长恨歌》，写唐明皇与杨贵妃的爱情悲剧。白朴所营造的悲剧意蕴，似乎想说明，虽处帝王之尊，拥有无上的权力，但也只能屈从于情势，表达一种虚无和幻灭之感。第四折描写李隆基对杨玉环的思念之情，是全剧的精华。《墙头马上》也是一出爱情剧，改编自白居易的诗作《井底引银瓶》，加强了故事冲突与戏剧性。作品赞许李千金主动大胆地追求爱情，以"这姻缘也是天赐的"强调自己婚姻的合理性，捍卫人格尊严，扭转了原作的悲剧结局，在立意上更高一筹。元杂剧前期代表性作品还有纪君祥的《赵氏孤儿》。这部剧很早就传入欧洲，1754年法国启蒙思想家伏尔泰把它改编为歌剧《中国孤儿》。纪君祥，大都人，生平不详，约生活在至元年间（1264—1294）。《赵氏孤儿》改编自《史记·赵世家》所记春秋晋灵公时赵盾与屠岸贾两个家族矛盾斗争的历史故事，并强调了屠岸贾作为"权奸"和赵氏作为"忠良"之间的道德对立。

关汉卿，生卒不详，籍贯有祁州（在今河北安国市）、大都（今北京市）、解州（在今山西运城）等数种不同说法。他是元代剧坛上的领袖人物。关汉卿广闻博学，性格诙谐幽默、倔强不屈，《南吕一枝花·不伏老》是他自述心志的一首套曲。关汉卿杂剧著述丰富，可知者有67部，现存18部。他以描写复杂的现实生活和底层人民的命运为人称道。其中《窦娥冤》《救风尘》《望江亭》《拜月亭》《鲁斋郎》《单刀会》《调风月》等是他的代表作，影响深远，至今仍享有盛名。

《窦娥冤》是元代杂剧中悲剧的典范之作。此剧正名为《感天动地窦娥冤》，主要情节源自于《列女传》中"东海孝妇"的故事。寡妇窦娥受无赖逼婚并诬陷，又被官府错判斩刑,身负冤屈。第三折《法场》是全剧的高潮,窦娥在法场之上,念及自己"没来由犯王法,不提防遭刑宪",不由得"叫声屈动地惊天",并唱出了著名的"将天地也埋怨"的曲子【端正好】,字字血泪。为一雪冤屈,她临终前含恨发下三桩誓愿:血溅白绫、六月飞雪、三年大旱,桩桩灵验。此剧可与世界大悲剧齐肩。

关汉卿还创作了多部婚姻爱情剧以及反映市井生活、语言诙谐戏谑的喜剧作品。他的创作,特别关注女性的命运,并给予深切同情。他塑造了个性鲜明、千人千面的女主角,既有窦娥这样恪守妇道和孝道的传统女性,也有《救风尘》中出身青楼,但义薄云天的女主角赵盼儿,还有《望江亭》中青春守寡、胆识过人的女主角谭记儿。他对女性抱有尊敬、理解与同情,这些冷静练达、洞悉世情的奇女子在他的笔下表现出一个共同的特征,敢于反抗、敢于斗争,从而以积极的态度改变自己的命运。

关汉卿剧作的主题和题材非常丰富,无论是公案剧、风月剧、历史剧,都很擅长。《单刀会》是关汉卿历史剧中的出色作品。三国时,为取荆州,关羽单身过江赴宴,展现出不凡的英雄气概。波澜汹涌之中的一阕【新水令】和【驻马听】,唱出了孤胆英雄豪情无限以及对成就千秋功业的复杂意绪。

关汉卿长期浪迹勾栏,与乐师、歌女朝夕相伴,故而对舞台极为熟悉。他的剧作以节奏紧凑、当行本色著称，结构、语言都精致严谨，深受世人称道。当时在关汉卿周围形成了一个大都杂剧家群体，他们通过"书会"相互交往和切磋，对杂剧艺术的提高及创作风格的趋同大有助益。

马致远和郑光祖是元代杂剧繁盛时期的代表作家。

马致远，号东篱，大都人。生于 1250 年前后，卒于 1321 至 1324 年之间。曾任江浙行省的小官，后归隐田园。《汉宫秋》是马致远早期作品，也是其代表作。本剧取材于《汉书》昭君出塞的故事。该剧的主角为汉元帝，但却无法主宰自己的命运，昭君也含悲远嫁，深刻地反映出个人在历史洪流中颠沛流离的沧桑无奈之感。此剧的名段为第三折汉元帝送别昭君所唱的【梅花酒】。马致远还创作有神仙道化剧《黄粱梦》《岳阳楼》和以儒士为主角的《青衫泪》《陈抟高卧》等。

郑光祖，字德辉，平阳襄陵（今山西临汾）人。生卒年不详。他是元杂剧后期以杭州为中心的南方作家群的代表人物。郑光祖精于音律，甚至有人称其为四大家中的第一。他的代表作《倩女离魂》，以唐代陈玄祐《离魂记》传奇为素材。剧中写倩女的魂魄与情人朝夕相对，肉身却在病榻缠绵，最后魂魄与身体又合一，一对恩爱夫妻得到团圆。该剧的出色之处在于对不同情境下倩女的思虑都有着细致入微的

第六章 元代文学

描画。

四大家外,独树一帜、享誉后世的剧作家是王实甫。他名德信,大都人。生卒不详,主要生活在金元之际。他流传至今的剧本最为著名的是《西厢记》。《西厢记》全名《崔莺莺待月西厢记》,借鉴和吸收了唐代元稹的《莺莺传》及金代董解元的《西厢记》诸宫调。王实甫将故事的主题升华成为"愿普天下有情人都成眷属"的美好愿望。王实甫改编《西厢记》的最大贡献,一是对剧本结构的重组,将元稹原作始乱终弃的结局改为美满团圆;二是对张生、莺莺和红娘三位主角人物性格的重新塑造。《西厢记》的故事分为两条线索,其中的主线是张生和莺莺的相爱结合,与莺莺之母相国老夫人的戏剧冲突;另一条线索是崔、张爱情发展过程中,莺莺、张生、红娘之间性格的矛盾。围绕这两条故事线索,在关目的设置上,王实甫精心做了安排,结构紧凑,环环相扣。在剧本体制上,《西厢记》一共五本二十一折五楔子,突破了对元杂剧的四折一楔子的常见体制,也突破了元杂剧一人主场的通例,整折戏,实际上由末与旦轮番主唱。《西厢记》中的优美唱词向来收到极高的评价,如最有名的《别情》,其风格与意境,尤其是莺莺的唱词,将深闺少女的曲折心事刻画得惟妙惟肖。王实甫还善于通过人物的身份、口吻、言词体现性格,也符合情节的发展。《西厢记》

是中国文学史上影响最大的戏曲作品之一，并且先后被译成拉丁、英、法、德、日等多种文字。可见，《西厢记》已经成为世界文学宝库中的一颗明珠，具有超越时空的长远生命力。

第二节　南戏的兴起

南戏，又称戏文，是"南曲戏文"的简称，被誉为中国的百戏之祖。因其最早产生于浙江温州地区（旧名永嘉），故又称"温州杂剧""永嘉杂剧"或"永嘉戏曲"。它萌生于宋朝，经过长期发展演变，到元末趋向成熟，后来演化为明清戏剧的主要形式——传奇。

南戏熔歌唱、舞蹈、念白、科范于一炉，表演一个完整的故事。篇幅长短不拘，根据剧情的需要可长可短，具有较大的灵活性。由于故事情节比较曲折，剧本一般都是长篇，数倍于杂剧。一本南戏长的可达五十出，短的则为二三十出。角色方面，主要有生、旦、净、末、丑、外、贴七种。一本杂剧只能一人主唱，南戏则场上任何角色都可以演唱，而且有独唱、对唱、接唱、同唱等多种演唱形式，还有在后台用以渲染气氛的帮腔合唱，演唱形式灵活多变。

现存南戏有收入《永乐大典》的《张协状元》《小孙屠》

第六章 元代文学

《宦门子弟错立身》三种，还有书会才人集体创作的《荆钗记》《刘知远白兔记》《拜月亭记》与《杀狗记》，而高明的《琵琶记》更被誉为"词曲之祖"。

《张协状元》是南宋戏文，情节是中国戏剧史上典型的"书生负心戏"模式。《小孙屠》全名《遭盆吊没兴小孙屠》，写开封的孙必达兄弟遭到陷害，屈死狱中，后经包拯重新审理案件，得到昭雪。《宦门子弟错立身》讲述贵族之子完颜寿马追随女伶王金榜的家庭戏班，成为"路岐人"，走南闯北，撂地演出的故事。后两种为元人作品。

"荆刘拜杀"是《荆钗记》《刘知远白兔记》《拜月亭》和《杀狗记》四部南戏的简称，又称为"四大南戏"，是元末南戏到明初传奇的过渡性作品。《荆钗记》全名《王十朋荆钗记》，剧本情节为，钱玉莲爱慕穷书生王十朋的才学，接受了他的聘礼荆钗。王十朋中状元后，财主孙汝权从中作梗，钱玉莲被逼投江自杀，被人救起。后夫妻间仍以荆钗为缘，得以团聚。《荆钗记》利用荆钗这一道具贯穿全剧，层次分明地展开冲突与纠葛，很适宜舞台表演。《刘知远白兔记》写刘知远与李三娘悲欢离合的故事。此剧最大的特点是文字上质朴通俗，其中《塞愿》等出，保存着"祭神还愿"等古代农村风俗和情趣。《拜月亭》全名《王瑞兰闺怨拜月亭》，又名《幽闺记》。戏文叙蒋世隆和王瑞兰历经战乱，终成眷属的悲欢离合。《拜月亭》的曲白极为本色自然，其艺术成就为"四大南戏"之首，一直与《琵琶记》并称。《杀狗记》，全名《杨德贤妇杀狗劝夫》，是一出家庭伦理剧，提倡的是"孝悌""妻贤夫贵"等观念。

南戏的代表作是高明的《琵琶记》。高明（1306—1359），字则诚，号菜根道人，浙江瑞安人。《琵琶记》写蔡伯喈新婚之际奉父命进京应考，中状元后，牛丞相强迫他与自己的女儿结婚，蔡伯喈推辞，牛丞相不允，欲辞官回家，朝廷不许。无奈之下滞留京师三载而不能与家中通信。另一边蔡公蔡婆因家乡大旱，饥病而亡，赵五娘断发卖钱，罗裙包土，送葬公婆，怀抱琵琶进京寻夫，最终团圆。《琵琶记》的主要情节线索，可概括为"三不从"。蔡伯喈与赵五娘成婚后，想侍奉双亲，安心生活，其父蔡公不从；蔡伯喈高中榜首，被牛丞相许婚，蔡虽不允，但牛丞相不从；蔡伯喈想念父母，欲辞官回家，朝廷不从。无论是蔡伯喈本人，还是蔡公蔡婆、赵五娘、牛小姐，都是"三不从"导致的悲剧人物。

《琵琶记》标举"劝忠劝孝"，在把握这一核心内涵的同时，高明对蔡伯喈故事的主要情节作了重大改动。最关键的地方，是把抛弃妻子，追求荣华，作为反面人物的蔡伯喈改造成一个忠孝双全的正面人物，把他不养高堂、停妻另娶的卑劣行为，处理成被君、被亲胁迫而不得已。《琵琶记》成为一部思想内容极为丰富的作品,集中体现在蔡伯喈的形象塑造上。

《琵琶记》结局尽管圆满,没有多少新意。但是《琵琶记》的伟大之处,在于从平常生活里写尽中国传统社会家庭生活中的伦理道德。《琵琶记》的结构布置颇见匠心。作者把蔡伯喈在牛府的生活和赵五娘在家乡的苦难景象交错演出,形成强烈对比。《成婚》与《食糠》,《弹琴》与《尝药》,《筑坟》与《赏月》,以及《写真》,都是写得很成功的篇章。对比的写法突出了戏剧冲突,渲染了悲剧气氛。剧中的语言,符合人物性格,平实自然。

《琵琶记》被视为"词曲之祖",固然与其内容大力宣扬风化思想有关。但更在于作者将戏曲的创作转向社会实际生活,关注真实的个人命运和情感。剧中所涉及的一系列问题,如忠孝的矛盾,个人意愿与社会统治力量的冲突,是这部剧作千载不朽的关键所在。

第三节 元代散曲

元曲,是元代杂剧和散曲的合称。与杂剧一样,散曲也是在元代大放异彩的一种新文学形式,在诗词之外,别开一朵奇葩。散曲与词的渊源极深,有"词余"之称,但是,它采用了更为活泼的口头语言和更为灵动的诗体形式,从而构造出独特的美学特色：自然生动的文体特征和活色生香的市井风情。

散曲的体制，主要分为小令、套数以及介于两者之间的带过曲三种。小令，又称"叶儿"，是散曲体制的基本单位。小令之名，源自唐代的酒令。单片只曲，调短字少是其最基本的特征。套数，又称"套曲""散套""大令"，是从唐宋大曲、宋金诸宫调发展而来的。又以诸宫调的影响最深。套数的体式特征最主要有三点，即它由同一宫调的若干首曲牌联缀而生；各曲同押一部韵，一韵到底；通常在结尾部分还有【尾声】，以示全套完结。带过曲，是两三支不同曲牌所组成的一组曲子，即一支填毕，意犹未尽，另"带过"一两支补足之意。

元代散曲的创作，一般分为前后两期。前期以北方作家为主；元代统一南北之后，创作中心南移，南方文士大量参与创作，风格也由此发生转变。就散曲创作风格说，可以简单地划分为豪放派和清丽派，豪放派重本色、少典故，清丽派则炼词句、含蓄蕴藉。不过同一个散曲家往往兼有两种风格。

元散曲的主题，一般分为归隐、咏史、写景、闺怨等几大类，隐逸是其中最重要的主题，也是元代文学创作的特色之一。散曲的创作吸引了当时绝大多数文人的参与，涵盖了仕宦官员、文士、乐工、歌姬等不同阶层、不同身份的人群。

仕宦散曲家中，刘秉忠（1216—1274）是元代前期重要的人物，诗文词曲兼擅。他的散曲创作，尚未脱离词作痕迹。

自创【干荷叶】曲牌,凄恻感慨。卢挚(1242—1315之后),字莘老,号疏斋,河南颍川人。官任翰林学士。诗文与刘因、姚燧齐名。传世散曲120首。题材广泛,以怀古为主,文词清丽,【节节高·题洞庭鹿角庙壁】是其名作。张养浩(1270—1329),字希孟,济南人。少有才学,曾官至礼部尚书、中书省参知政事等。后辞官归隐,有《云庄休居自适小乐府》,存小令35首,套数2套。最脍炙人口的作品,是借怀古来表达关心百姓疾苦的一阕【山坡羊】。与身居高位的曲家不同,马致远一生沉沦下僚,仕途不畅。他现存小令130余首,套数22套,另有残套4首。他的作品内容,以感叹历史兴亡、歌颂隐逸生活、吟咏山水田园风光为主,在保持散曲特有的艺术风格的同时,又常具有诗词的意境和秀丽的画面感,语言自然清丽,雅俗相兼。其思想意蕴和艺术风格最容易引起知识分子内心的共鸣。【天净沙·秋思】最为人所传诵。

元朝时未出仕的普通文人曲家,有元好问、白朴、关汉卿、王和卿、睢景臣、钟嗣成、周德清等。关汉卿、王和卿、白朴等作家,兼作杂剧、散曲,多用口语,一般被视为豪放派作家,但他们的作品仍不失细腻清逸之处。

元代统一南北之后,创作中心南移,南曲影响到散曲的创作风格,整体呈现出尚文崇雅的倾向。张可久和乔吉是这一时期的佼佼者,并称为元散曲两大家,被视为清丽派的代表。张可久（约1270—约1348），字小山，庆元路（路治今浙江宁波）人。散曲集有《今乐府》《苏堤渔唱》《吴盐》《新乐府》4种，前3种元时已行于世，脍炙人口。现存有小令855首，套数9套，创作数量和成就在散曲作家中首屈一指。他的作品中多写志气未伸的郁闷之情，抒发普通下层知识分子无可奈何的身世之叹。与前期北方散曲作家不同，张可久的作品，很少用口语、俗语，而是着力于锻字炼句，对仗工整。他喜用典故，且多镕铸、化用前人诗词中的名句。代表作有【凭栏人】【醉太平】等。乔吉，字梦符，号笙鹤翁，又号惺惺道人，生卒年不详。原籍太原，长期流寓杭州，主要创作活动时期在元大德年间至至正初年。乔吉的散曲作品，今存小令209首，套数11套，数量之多仅次于张可久。作品的题材，大抵围绕其40年落拓漂泊的生涯，写男女风情、离愁别绪、诗宴酒会，歌咏山川形胜，抒发隐逸襟怀，感叹人生短促、世事变迁。乔吉的隐逸与其他文人不同，他未曾出仕，生活更为自由放浪，作品中呈现出一个洒脱不羁的江湖才子的精神面貌。他的怀古之作，最见功力，风格沉郁顿挫，如【折桂令·风雨登虎丘】。

元曲作家中有一类作家值得特别留意，即大量涌现的少数民族曲家，其中最为重要者有阿鲁威、薛昂夫、贯云石等。阿鲁威，蒙古族人，字叔重，号东泉。能诗，尤擅长作散曲。现存散曲 19 首,其风格如鹤唳青霄。薛昂夫,回族人。他兼擅诗曲,自视甚高。有【朝天曲】20 首,以嬉笑怒骂的笔法咏史,颇见性情。贯云石是元代少数民族曲家中成就最高者。贯云石(1286—1324),本名小云石海涯,字浮岑,号疏仙、酸斋,畏吾儿(今维吾尔族)人。他文武全才,善骑射,工马槊。因醉心江南山水,仰慕隐逸之士,主动称疾辞官,浪迹江浙一带。他的散曲主要以隐逸为主题,多表现恬淡闲适的生活情趣。由于其特殊的身世背景与生活经历,贯云石的散曲创作既有北方豪士的飒爽英风,又兼江南文人的飘逸之气。

第四节 元代诗歌

元代诗歌文献非常丰富,共有五千余位作家,现存约 13 万 2 千首诗歌。与同时代的戏曲相比,元代诗歌不是元代文学的主流;从文体内部相比,元代诗歌在艺术成就上也不及唐宋诗歌。但是元代诗歌仍有自己的特色和价值。元代诗歌的一个主要特色,是叙事特征十分明显,另外一个特色是双语作家众多。

元代诗歌发展可以分为前、中、后三个时期。前期的重要诗人有耶律楚材、刘因、高克恭、赵孟𫖯等人。蒙元第一位有影响力的诗人是耶律楚材。耶律楚材(1190—1244),字晋卿,号湛然居士。金国灭亡后,得到成吉思汗的赏识。今存耶律楚材诗文全部作于入元之后的十几年间,其中最好的作品是跟随成吉思汗西征时写作的诗篇,其中《西域河中十咏》堪称代表。耶律楚材的诗篇主要写自己在西域的见闻与印象。在西行的过程中,耶律楚材目睹了西北民族的激烈冲突,历史兴亡与其身世相结合,写出了不少浸润沧桑之感的诗作,如《和王巨川》。刘因(1249—1293),字梦吉,号静修。雄州容城(今属河北)人。他是元代北方的重要理学家。刘因的诗歌大多与宋亡的历史相关,如七绝《宋理宗南楼风月横披二首》。他对于南宋灭亡的感情是复杂的,经常通过南宋的灭亡去表达对汉文化衰亡的哀叹,其关注点并非在于政权。除律绝外,刘因的古诗也很出色,如当时就脍炙人口的名篇《黄金台》。高克恭(1248—1310),字彦敬,西域人,占籍房山(今属北京)。画艺颇有盛名。其文集《房山集》已不存,今辑诗仅得三四十首。他的诗如《过京口》《古寺》《满目云山楼》等,风格与王维、张籍相近,自有天趣。赵孟頫(1254—1322),字子昂,号松雪道人。湖州(浙江吴兴)人。宋朝宗室。宋元易代后,被举荐于朝,官至集贤侍讲学士。他兼精书画,艺术修养极高。赵孟頫诗以五古和七律为多。在他留存的500余首诗歌当中,几乎看不到宋元人诗篇中常见的反复重复自己或他人的累句,他用诗句表达所思所想,看上去一点都不勉强，简直是游刃有余，脱口而出。《岳鄂王墓》就是当时广为传唱的名篇。赵孟𬳿与刘因代表了元初诗坛南方与北方的最高成就。另外，宋亡后，江南的遗民诗人组成了"月泉吟社"，也是元诗史上的一个亮点。

元朝中期政治稳定，经济繁荣，科举恢复，加之元朝舆地广大，很多文人不禁生出"盛世"之感，诗风以"雅正"为主要追求目标。这一时期公认的诗坛大家有虞集、杨载、范梈、揭傒斯，即"元诗四大家"。少数民族诗人的杰出代表是马祖常、萨都剌。

虞集是当时最负盛名的诗人，也是元代中期的文坛领袖。虞集（1272—1348），字伯生，号道园，祖籍蜀郡（今四川省）仁寿人。著有《道园学古录》五十卷、《道园遗稿》六卷。虞集诗以风格遒劲见长，如《题柯博士书》《挽文山丞相》二诗尤能见其特色。杨载（1271—1323），字仲弘，建宁浦城（今福建）人，徙居杭州。因其文才曾得到赵孟𬳿的赏识，享有盛誉。七律《宗阳宫望月分韵得声字》是其代表作。范梈（1272—1330），字亨父，一字德机，临江清江（今属江西）人。他有《木天禁语》一书专讲"诗法"。他的古、近体诗都有些佳作，如《王氏能远楼》《清明日留西山》等。范梈的诗歌受李白、李贺诗雄奇浪漫风格的影响而不蹈前人旧辙，别有新意。揭傒斯（1274—1344），字曼硕，龙兴富州（江西丰城）揭源人。"四家"之中，他与虞集都是诗文兼工，总体来说，成就要大于杨、范二家。代表作是古乐府《高邮城》。

  这一时期的少数民族诗人，最有成就的是萨都剌，他是少数民族诗人的冠冕。还有一位重要的馆阁诗人马祖常，其地位与影响在少数民族诗人中亦少有人可比。萨都剌（约1280—约1346），字天锡，号直斋。顾嗣立《元诗选》初集选录其诗303首。萨都剌诗比较关注时事，相当贴近生活，风格流丽清婉，在当时受到很大的欢迎。萨都剌的"宫词""上京杂咏"等组诗，在元代广泛流传。怀古诗也是其诗歌的重要内容之一，代表作是《台山怀古》。萨都剌在元代诗坛的地位，只有虞集、杨维桢可与其比肩。马祖常（1279—1338），字伯庸，号石田。他是当时朝野具有广泛知名度的诗文家之一，对元代馆阁诗人群体的形成，起到中转、定位的作用。马祖常于元仁宗延祐四年（1317）出使河西，途中所写的《庆阳》和《河湟书事》（二首）是纪行诗中的佳作。

  元朝最后一位皇帝——元顺帝在位的30多年是"元末诗坛"。此时为动乱的时代，诗人也不再以"雅正"为自己的诗歌追求，而更注意吟咏性情，"主情"成为元末诗坛最为突出的特征，代表人物为杨维桢。同时在昆山由顾瑛主持的玉山草堂雅集则是元末诗坛影响最大的诗歌集会。此外，元末最具写实倾向的诗人是善画梅花的王冕。少数民族诗人的出色代表是

第六章　元代文学

金元素与迺贤。

杨维桢（1296—1370），字廉夫，号铁崖，山阴（今浙江绍兴）人。元末兵乱，隐居不仕，过着放荡不羁的名士生活。杨维桢以诗著称，号"铁崖体"。在元代后期诗风趋向萎靡之时，他提倡古乐府，拟古乐府之作备受时人称赞，代表作是模仿李贺《公莫舞歌》的《鸿门会》。他的诗在当时即以气象壮丽、构思奇特著称，也是其"铁崖体"的特色，《庐山瀑布谣》为其代表。此外，杨维桢还积极向民歌学习，写有大量具有民歌风味的竹枝词，如《海乡竹枝词》《西湖竹枝词》等。顾瑛（1310—1369），字仲瑛，号金粟道人，昆山（江苏太仓）人。他构建园林，名为"玉山佳处"。它和倪瓒在无锡的园林"云林隐居"，是元代顺帝前期东南文人的两大活动中心。从至正八年（1348）起，在玉山佳处定期举行觞咏之会，这类聚会举行了十几年，尽管战乱期间时断时续，但一直延续到元末。玉山草堂的雅集在元末最具规模，历时最久，档次最高，顾瑛也成为最具影响力和感召力的诗坛东道主。作品汇为《草堂雅集》和《玉山名胜集》，顾瑛自己则有《玉山璞稿》。元末最具写实精神的诗人是王冕。王冕（1300—1359），字元章，号煮石山农，诸暨（今属浙江）人。应进士举不第，遂漫游吴楚，以卖画为生，有《竹斋集》。王冕作为画家，善画梅花，代表作为《墨梅》《梅花》。

少数民族诗人中的代表首先是金元素（约1310—1378），原名哈剌，字元素，号葵阳（或葵阳老人），拂林人。他的《南游寓兴》是重要的元代佚诗文献，复见于邻国日本，存诗365首，《墨梅四首》为其代表作。迺贤（1309—1368），字易之，号河朔外史、紫云山人，西域葛逻禄人。有《金台集》二卷。迺贤是元末重要的诗人之一。他全身心地做诗人，以诗为自己的皈依。《金台集》最好的诗几乎均为怀念家乡亲人之作，《三月十日得小儿安童书》与《秋夜有怀侄元童》是其代表作。作为元代最后一位色目诗人，迺贤用他的怀乡诗为元代诗坛画上句号。

第五节　元代小说与散文

元代小说，以话本为主，分"小说""讲史"两类。

保存元代"小说"原貌的唯一物质证据，是1979年发现的元刻本《新编红白蜘蛛小说》残页，共400余字，是《醒世恒言》卷三十一《郑节使立功神臂弓》的前身。其他"小说"文本多已亡佚，明代中期的话本选集保存了其中少数作品，但多经过后人编辑修订，已非原貌。现存元代小说的篇目，学界仍有争议。

元刊"讲史"小说，今存8种，分别是：《新编五代史平话》十卷、《新刊大宋宣和遗事》、《全相平话武王伐纣书》三卷（别题《吕望兴周》）、《全相平话乐毅图齐七国春秋后集》三卷、《全相秦并六国平话》三卷、《全相平话前汉书续集》三卷、《全相三国志平话》三卷（别题《三分事略》）、《薛仁贵征辽事略》。艺术上比较粗糙，对历史事件和历史人物的评价往往带有民间拙朴率直的色彩。尽管如此，元刊讲史小说在中国古代小说发展史上，仍占据很重要的地位。首先，平话体制已初具后世章回小说的雏形。其次，《三国志平话》《大宋宣和遗事》《武王伐纣书》是明代长篇小说《三国志演义》《水浒传》《封神演义》成书过程中比较重要的文本资料，从中可以窥见"讲史"与历史演义、英雄传奇、神魔小说之间的发展轨迹。

在元代文体中，散文比较缺乏活力与生气，基本沿续唐宋古文的道路缓慢发展，总体成就不如元诗。但在它发展过程中提出的直追秦汉和唐宋并尊的观点对明代散文产生过一定的影响。元代散文在发展过程中，前期的散文作家如姚燧、元明善等，倾向于宗唐，主要师法韩愈，颇有雄刚深邃之风。另一些作家如刘因、王恽等，则师法宋文，文风趋于平易流畅。后来，宗唐与宗宋的倾向又逐渐合流。元代散文最突出的特征是理学与文章合一。理学思想对元代散文的具体影响，主要体现为"雅正"的文学观念以及经世致用的写作目的。元代较有成就的散文作家有姚燧、虞集、欧阳玄和黄溍。

姚燧（1238—1313），字端甫，号牧庵，洛阳人。姚燧的散文当时颇负盛名。清代黄宗羲论文，于元代推崇姚燧和虞集，有"元文两大家"之称。现存姚文大部分是碑铭诏诰等应用文，抒情写景之作很少。他的文章于刚劲雄豪中略见古奥，于严谨简约中求得生动。一些神道碑和墓志铭中对人物的生平行事、思想性格，大抵都有清晰的描写和刻画。虞集不仅是元代中期的诗坛领袖，也是当时的文坛盟主。虞集各类散文很多，现留存的《道园学古录》共50卷，其中散文38卷，多数为朝廷官场应用文字，也有书信传记、题跋序录。欧阳玄（1273—1358），字原功，号圭斋，祖籍庐陵，迁居潭州浏阳（今属湖南）。他的文风大抵是于廉静中求深醇，一些议论文开头几句遣辞命意乃一篇警策所在，过后即趋平易。这样的议论文，篇幅短小，却具波澜。代表作有《逊斋记》《奇峰说》《听雨堂记》等。黄溍（1277—1357），字晋卿，婺州义乌（今属浙江）人。他的散文大多是应用文，不以闳肆豪刚取胜，而以流畅清峻见长。黄溍为人正直孤洁，有些文章颇能见出他的个性，如《上宪使书》《贾论》。

第七章 明代文学

（1368—1644年）

明代270年，作家、作品数量不少，但与前代相比，尤其是与唐宋的辉煌比较，"传统文体"如文章、诗歌、词，其总体成就历来评价不高。然而明代是一个文学思潮十分活跃的时期，诗歌与散文作者几乎各有文学主张，出现了众多文学集团或文学流派，著名的有台阁体、茶陵派、前后七子、唐宋派、公安派、竟陵派，复古、反复古的讨论和争论贯穿始终，各派之间和各派内部也往复辩难，形成了百家争鸣的多元局面。

明代的通俗小说极为繁荣，到明末已形成讲史小说、神魔小说、世情小说和话本小说（白话短篇小说）等多种成熟类型，涌现出"四大奇书""三言二拍"等不朽名著，众多小说人物的形象、故事情节几乎家喻户晓，迄今未衰。戏曲经过元杂剧的兴盛，发展至明代，达到另一个高峰。传奇文体最终确立，昆曲唱腔广泛传播。

随着印刷术的普及和商业出版的繁荣，明代文学，尤其是晚明文学，不纯粹是一种精神产品，而是充满了浓厚的商业气息，文学生产一定程度上成为以赢利为宗旨的商业行为，很多文学现象只有从出版市场的角度才能给予更好的解释。这是研究明代文学需特别注意之处。

第一节　明代诗文

明初作家大多由元入明，他们身上既有蒙元时期士人旷逸自由的胸怀，也有济世救民的伟大理想，更有对庙堂文化的追从，整体上形成了恢复汉唐、崇儒复雅的风尚。主要代表作家有宋濂、刘基、高启、方孝孺。宋濂（1310—1381），被称为"开国文臣之首"。宋濂在明初庙堂文学中占有重要地位，写了大量朝贺、宸游、台阁应酬之作。这方面的代表作《阅江楼记》，歌颂功德中寄寓规劝讽谕，纡余委备而又文达理畅，既庄重典雅又委婉含蓄，创造出雍容华贵的境界，体现了宋濂文道合一，醇深演迤的散文风貌。他在元末的创作，独具特色的是传记小品和记叙性散文，如《秦士录》《王冕传》《竹溪逸民传》《记李歌》等。刘基（1311—1375），明初功臣。在他的思想中，充满了对乱世的苦闷与悲愤和救世补天的责任感，因此坚决反对"诗贵自适"的文学观，倡导伤时忧愤、美戒讽刺的变风变雅。他的诗文具有感时忧世的思想内涵和沉郁顿挫的文学风格，如《癸巳正月杭州作》及《旅兴》五十首。刘基写于元末的讽谕性杂文，集中在《郁离子》一书中，为世所称。高启（1336—1374），字季迪，长洲人。元末隐居吴淞青丘，号青丘子。高启在明初革新元代诗风、开启明代诗风方面有重要贡献。他倡导兼师众长，随事摹拟，浑然自成，他的诗歌追求雄健浑雅的境界，如《青丘子歌》《登金陵雨花台望大江》。方孝孺（1357—1402），字希直，人称正学先生，宁海人。方孝孺极力维护程朱理学"扶天理，遏人欲"主张，维护道统与文统的纯正性。他的诗歌充满独立的人格美与阔大境界，又兼具洒脱超然和崇高并存的高古之境。

永乐至洪熙、宣德间，明代政治经济出现了所谓治平之象，在文学上，台阁独尊，雍容典雅的治世之音占据主导地位，形成台阁派。代表人物是杨士奇、杨荣、杨溥。杨士奇（1366—1444），名寓，以字行世，江西泰和人。历事五朝，为内阁首辅。他的诗文皆名重一时，其文师法欧阳修，以简澹和易为主，但缺乏充实开拓。其诗则冲和雅澹，清新自然。成化、正德间，由于政局动乱，台阁文学受到冲击和挑战，转而为以李东阳为首的茶陵派。李东阳（1447—1516），字宾之，号西涯，湖南茶陵人。茶陵派文人在一定程度上摆脱早期台阁正统束缚，但总体上仍属于台阁文学。他们依然强调文章与德行的关系，追求和平雅正的风格。李东阳论诗，崇唐黜宋，力主宗法杜甫。追求和平醇粹的诗文风格。李东阳对文学特别是诗歌自身的审美特征和要求进行探讨，更重视诗文的形式、声律。

弘治一朝是明代比较开明的时期，出现了前七子文学复古运动。前七子包括李梦阳、何景明、徐祯卿、边贡、康海、王九思、王廷相，代表人物是李梦阳、何景明。他们力图恢复古典审美理想，提倡真情，突出情与理的对立，甚至以情反理。主张诗文必须表达真实感情，反映重大社会现实。注重作品的文采和形式技巧，使诗歌具有高尚之格与流美之调；倡导超宋元而上，以汉魏盛唐为师。但在创作上，他们在旧有文学样式中进行创作，很少能够提供新的表现手法，在题材、语言上没有创新。

吴中诗人作为才子式的人物，往往不拘世俗礼法，放浪形骸。在前七子于京城倡导复古之际，吴中文人也出现了"好古"倾向。同时身兼书法家、绘画家，是吴中文人身份上的典型特征。在思想上，他们明确抨击理学，作品大多作于不经意间，于题材、格调不复留意。他们的诗歌注重自适的趣味，不再像复古派那样追求情感与形象的规范性，同时，将视线投向山林及市井，缘情尚趣，呈现出独特的美学风貌。

嘉靖间，王慎中、唐顺之等，文宗欧阳修、曾巩，诗仿初唐,再加上茅坤、归有光,就构成了唐宋派。唐宋派与复古派是对立的,他们反对极端的复古主张,认为心地超然,直据胸臆,信手写出,便是宇宙间绝好的文字。比起复古派,唐宋派更强调主体精神的展现。其中成就较大的是归有光。他的文章致力于描写日常生活,处处渗透着王阳明"致吾心良知之天理于事事物物"的精神,为明中叶的雅文学开辟一条理性化与生活化协调发展的道路。《项脊轩志》《先妣事略》《寒花葬志》是其代表作。

嘉靖、隆庆间,李攀龙、王世贞、谢榛、宗臣、梁有誉、徐中行、吴国伦等后七子复起,在与唐宋派的对抗中占据上风,继前七子后,再度主盟文坛。在理论上,他们强调用文学反映现实,尤其注重文学"怨"的作用,揭露和批判现实生活的黑暗,疗疾救弊。他们对古典诗歌的体裁、风格、流变有深入而精到的研究。但在创作上不免狭隘僵化,有较大的局限性。王世贞是该派的核心人物。他的散文,既继承了前七子的慷慨激昂、沉雄浑厚之风,又拓展为宏博广大的境界,法度严谨、意蕴深厚,气象宏大。

晚明性灵文学兴起,重要流派是公安派和竟陵派。公安派的代表是袁宗道、袁宏道、袁中道。他们的文学理论以反复古为核心,提倡独抒性灵,不拘格套,强调意趣盎然的灵机与妙解。竟陵派的代表人物钟惺、谭元春,倡导幽深孤峭的诗歌风格。在晚明性灵文学中，公安派有开拓之功，竟陵派则有深厚之力。钟、谭二人编选的《诗归》盛行一时。竟陵派的文学主张是师心与师古并存，学古人真情真诗。与公安派不同的是他们不是在意境上进行"万象俱开"式的开拓，而是偏重于情感深度的开掘。

民歌在明代中期以来流行于世，并得到文人阶层的提倡，是明代文学的一绝。明代民歌有两个发展阶段，宣德、成化至嘉靖初为一期，嘉靖后为一期。前期流行的民歌有《锁南枝》《傍妆台》《山坡羊》《耍孩儿》《驻云飞》《醉太平》等，内容比较丰富，多以叙事为主，也有一些作品表现男女情欢之诗，比较细腻。后期流行的民歌有《闹五更》《寄生草》《罗江怨》《哭皇天》《干荷叶》《粉红莲》《银纽丝》等，流行最广的是《打枣竿》《挂枝儿》等，主要内容是表现男女私情，风格直露泼辣。冯梦龙所辑《挂枝儿》和《山歌》是两部影响最大的明代民歌集。二书所收民歌大体上可分三类：男女私情、性事描绘、讽刺世相，前两类是最多的。

明代创立了八股文，有两条基本规定：一是代古人语气为之，二是体用排偶。正文的结构大体依照起、承、转、合的套路。明代八股文发展分为四个时期：第一个时期是洪武、永乐至成化、弘治时期。洪武、永乐间，是八股文的初创时期，体式尚未完备，成化、弘治间的八股文是明代典范，王鏊和钱福是代表人物。正德至嘉靖为第二期，突出特点是"以古文为时文"，代表人物是唐顺之和归有光。隆庆至万历为第三期。这一时期是八股文的变革期，程朱理学受到心学和庄禅思想的冲击，八股文写作注重方法与技巧，讲究炼字造句，追求语言华美，汤显祖是该时期的八股文名家。天启至崇祯为第四期。这个时期的八股文多用两截和散体结构，完全突破了八股的限制，代表人物有章世纯、陈际泰等。

第二节 明代戏曲

明代戏曲文化的氛围十分浓厚，上至藩王、巨宦、士大夫、学问家，下至伶人戏班，皆投入戏曲创作，系统研究音律、技法等问题，重金蓄养家庭戏班，共同推进了戏曲文学、艺术的进步。传奇文体在明代最终确立，昆曲唱腔也广泛传播。

明代初年，朱元璋宣扬理学，对伶人演出活动多有限制，只有宣传因果报应与封建道德观念的作品例外。其中的代表作是理学名臣丘濬的《五伦全备记》。该剧通过伍氏兄弟恪守礼教，一门向善最后得登仙籍的遭际，表达了作者的礼教伦理观念。剧中许多唱词说白充满封建说教意味，深为后人不满。明初有两位藩王对戏曲做出了杰出贡献，一为朱元璋十七子朱权，所著《太和正音谱》是专门的戏曲文学和音乐理论研究著作，主张以杂剧饰太平之世，并强调音律的重要性。二为朱元璋之孙朱有燉（1379—1439），是明初最负盛名的杂剧作家，他现存杂剧 31 种，又有散曲集《诚斋乐府》。朱有燉的剧作，在内容上以升平宴乐、神仙道化、风花雪月为主，主旨是歌颂太平之世。此外，还有"水浒"人物故事的作品。

明中叶出现的比较有成就的戏曲作家有康海和王九思。康海（1475—1541），字德涵，号对山，西安府武功县人。他的《中山狼》杂剧全称《东郭先生误救中山狼》，是根据明人马中锡的寓言小说《中山狼传》改编而成，情节基本一致。作品一再流露作者对当政者的不满，全剧旨在鞭笞世上负恩之人。王九思（1468—1551），字敬夫，号渼陂。其杂剧《杜子美沽酒游春记》描写安史之乱后，杜甫在春天闲游长安的见闻，剧中借杜子美之口，痛责李林甫祸国害民之举，下决心拒绝征召，乘槎度海，去过隐居生活。杜甫形象实际上是作者的化身，借杜甫之口，倾吐自己的愤懑。康、王二人在文学创作上极力主张复古之风，反映到其杂剧作品上，二人的创作，基本延续元杂剧一角主唱的惯例，在曲词上也追摹元曲风味。

明代中叶出现了一位曲坛奇才徐渭（1521—1593），他字文长，号青藤，又号天池，浙江山阴（今浙江绍兴）人。徐渭戏曲代表作是《四声猿》，又有《南词叙录》。《四声猿》

是四部短剧的合称,包括《狂鼓吏渔阳三弄》《雌木兰替父从军》《女状元辞凰得凤》《玉禅师翠乡一梦》。《四声猿》的取名应取自巴东三峡民谣"猿鸣三声泪沾裳",意思是猿鸣三声足以堕泪,何况四声。《南词叙录》对南戏的源流、风格、音律和作家、作品都有精到的分析,是中国戏曲理论发展史、南戏研究史上的重要著作。

李开先(1502—1568),字伯华,号中麓,山东章丘人。在文学思想上,他提倡本色和真情。现传剧作有《宝剑记》,改编自水浒故事,写林冲弹劾奸臣童贯、高俅,被高俅以借看宝剑为名,设计陷害,逼上梁山,最后受招安,并与妻子团圆。表达了"诛谗佞、表忠良"的主旨。

明中叶前后流行的戏曲唱腔影响较大的有弋阳腔和昆腔。其中昆腔经过多次改进,形成了既有南曲清柔婉折、又部分保存北曲激昂慷慨的声腔特点。隆庆时期,昆山人梁辰鱼对昆腔再次创新和改革。梁辰鱼(1519—1591),字伯龙。他编写了第一部昆腔传奇剧目《浣纱记》,开拓了以爱情抒发兴亡之感的模式,引发文人争相撰写昆腔传奇。《浣纱记》取材于《史记》等史籍记载,以春秋时期吴越争霸为背景,通过西施、范蠡之离合,反衬吴、越两国之兴亡。《浣纱记》最大的价值在唱腔上,恪守昆腔新声,音调柔美,率先将水磨调用于舞台演出,对昆腔的传布起到很大作用。

明代最杰出的戏曲家是汤显祖（1550—1616），他字义仍，号海若，自署清远道人，祖籍江西临川县。他的作品有《牡丹亭》《紫钗记》《邯郸记》《南柯记》，合称"临川四梦"。《牡丹亭》是汤显祖最负盛名的戏曲作品，写了闺阁妙龄少女杜丽娘与翩翩公子柳梦梅，二人因梦生情，花园叙情，人鬼通情，朝堂定情的故事。全剧围绕"情"字展开。他认为"情"是一种"至情"，对自由、青春、爱情与幸福的不懈追求，能够超生死、超形骸、超时空，具有冲击、击溃现实束缚的威力。《牡丹亭》绮丽清新、字字珠玑，在明、清两代曾以情节奇幻瑰丽、文词典雅蕴藉广受称道。

明代戏曲史上，以沈璟为代表的吴江派和汤显祖影响下形成的临川派，在"音律""意趣"戏曲理念上，产生过激烈交锋。沈璟（1553—1610），字伯英，号宁庵，江苏吴江人。他的戏曲理论主张集中在两个方面，一是重视声律，二是强调本色。沈璟主张音律至上，将声律和谐的重要性推到极致。他重视音律，是针对文人创作不适宜场上演出而提出的，对戏曲声腔发展确实有推进作用。沈璟的曲学观念，对同时期部分创作者产生影响，形成流派，后世称为"吴江派"或"格律派"，包括吕天成、王骥德、冯梦龙、袁于令等人。而汤显祖则认为作文以意趣为尚，音律家改动原作，虽是增减一二字以便歌唱，但却与原作的意趣大不相同了。汤显祖崇尚文词的观念影响了一批曲家，后世统称为"临川派"或"文采派"。从整体文学观念看，沈璟重视音律的观点，实际上是与文学复古的主张同步的，汤显祖的主张，则是尚"情"，与明代心学流行有着密切关系。

第三节 明代小说

明代小说的代表作是被称为"四大奇书"的《三国志演义》《水浒传》《西游记》《金瓶梅》。它们对中国白话小说有着各自开拓性的意义。

《三国志演义》作者罗贯中，太原人，号湖海散人，生平事迹不详，大约生活在元末明初（1320—1400）。《三国志演义》现存最早的刊本是嘉靖元年（1522）所刻《三国志通俗演义》，前有弘治七年（1494）庸愚子（蒋大器，浙江金华人）序。最通行的本子，是清初苏州文士毛纶、毛宗岗父子的改评本，刊于康熙五年（1666），学界称为"毛本""毛评本"。毛评本《三国志演义》的结构更加谨严完整，情节更加符合史实，文字也更加简洁流畅。

《三国志演义》取材于东汉末年及魏、蜀、吴三国的历史，从东汉灵帝中平元年（184）黄巾起义开始，一直写到晋武帝太康元年（280）为止。《三国志演义》的情节人物始终围绕蜀汉的兴亡,反映了小说"拥刘反曹"的思想倾向。这一思想倾向是官方思想和民间意识的融合,其核心则是儒家的仁政理想。基于这个思想,广施仁义的刘备集团成为小说的情节主干,与曹操的奸诈雄豪形成鲜明对比,桃园结义以民间朴素的伦理思想更是打动了无数读者。同样基于这个思想,诸葛亮的个人魅力被渲染得光彩夺目,他既是军事智慧的代表,又是贤能宰相的典型,他与刘备和谐的君臣关系更为士人津津乐道。

《三国志演义》的艺术成就,首先体现在它严整的结构上。小说以蜀汉的兴亡为中心,以魏、吴两方为烘托陪衬,以此统摄纷繁复杂的历史人物和历史事件,使之成为一个前后照应、脉络贯通的完整故事。第二个艺术成就,是它特别善于描写各个利益集团之间的政治、军事斗争。第三,小说在人物塑造上也有非同寻常的成就,有所谓"三绝"之说,即曹操的奸绝、关羽的义绝、孔明的智绝。第四,它的语言,"文不甚深,言不甚俗",文白相融,雅俗共赏。

《三国志演义》是我国第一部长篇历史小说,在中国古代小说发展史上,它流传最广、影响最深。它的影响表现为,确立了中国古代小说的"演义"一体,同时还规范、限制了后世的历史演义小说创作。

《水浒传》作者施耐庵,元末明初人,生平事迹不详。

《水浒传》的版本十分复杂，有百回本、一百十回本、一百十五回本、一百二十回本等。明末金圣叹有感于李自成等盗贼内乱，评点并"腰斩"《水浒》，刊刻七十回，最后添上卢俊义的噩梦作为结尾。金评本《水浒传》是清代最流行的本子，其评点极具研究价值。

《水浒传》的思想主题是"官逼民反"，但包含了一个明显的悖论，它一方面写草莽英雄壮怀激烈、反抗暴政，另一方面又写他们一心渴望朝廷招安，最后还奉命征讨方腊，死伤殆尽，落得悲惨下场。这与小说长达几百年的成书过程有关，与不同时期传述水浒故事的社会心理有关。

《水浒传》最值得称道的艺术成就是人物塑造。梁山108人，面目鲜明、个性生动的人物有数十人。《水浒传》的艺术成就还表现在它的语言上。小说以北方口语为基础，经过加工，明快洗炼，生动准确，富有表现力，无论是叙述事件还是刻画人物，寥寥几笔就能达到绘声绘色、形神毕肖的地步。当然，作为世代累积型作品，《水浒传》的结构不可避免地以连缀型、板块化为特点，林冲、鲁智深、武松、杨雄等人的故事均可自成单元。

《水浒传》问世以后，影响广泛深远，明清各类戏曲作品中都有以水浒故事为题材者。直到今天，水浒戏仍然活跃在戏曲舞台上，如《林冲夜奔》《打渔杀家》《野猪林》《武松打虎》《李逵负荆》等均为常见的保留剧目。小说方面，直接续写《水浒传》的作品则有20余种，其中艺术成就较高、影响较大的是明遗民陈忱的《水浒后传》和清俞万春的《荡寇志》。其次，以官逼民反为主题、具有强烈反抗暴政意识的《水浒传》，其影响不仅限于文学文本的虚构世界，还对后世民众组织武装反抗运动产生显著影响。明末李自成起义到太平天国、义和团运动，甚至从天地会、洪门等反清秘密会社到一般的黑社会组织，都对《水浒传》有所效仿。

《西游记》作者，一般认为是吴承恩（约1510—约1582），他字汝忠，号射阳山人，淮安山阳（今江苏淮安）人。《西游记》现存最早刊本是万历二十年（1592）世德堂刻本，也是现在通行的版本。

与《三国志演义》《水浒传》一样，《西游记》也是世代累积而成的长篇小说。小说取材于唐代初年玄奘法师前往天竺求取佛经的故事。通行本《西游记》分为三个部分：第一至七回，叙孙悟空出身、大闹天宫；第八至十二回，叙取经缘起，插入唐僧出身、唐太宗入冥故事；第十三至一百回，是小说的主体部分，叙唐僧师徒四人一路斩妖降魔，历经九九八十一难，最终取得真经、修成正果。

《西游记》的艺术水准十分高超，首先，它虚构了一个富有想象力的神魔世界，充满了神奇瑰丽的幻想。其次，塑造了一系列性格鲜明的人物形象。第三，语言风格幽默诙谐，涉笔成趣，这是《西游记》风格上的一个重要特点。中国古典文学一向崇尚温柔敦厚、文以载道，像《西游记》这样嬉笑诙谑、以文为戏的长篇巨制实属罕见，而且至今无有能超越者。

《西游记》问世以后，流传甚广，影响很大，效仿者纷起。至明末，神魔小说已成为与历史演义小说并驾齐驱的小说类型，其中较为重要的是罗懋登《三宝太监西洋记》、许仲琳《封神演义》和董说《西游补》。

《金瓶梅》作者署名兰陵笑笑生，这是一个笔名，真实姓名不可考。该书最初以钞本流传，大约成书于万历十年至三十年（1582—1602）。《金瓶梅》一百回，其版本可归为两个系统：一是序署万历四十五年（1617）的《金瓶梅词话》系统，简称"词话本"；二是崇祯年间（1628—1644）刊刻的《绣像金瓶梅》系统，简称"崇祯本"或"绣像本"。以崇祯本为底本的张竹坡（1670—1698）评点本，其评语受到现代研究者的高度重视。张评本自康熙三十四年（1695）问世以后，就成为最盛行的版本。

《金瓶梅》的情节内容从《水浒传》武松杀嫂故事引出，主要描写西门庆的家庭生活史。故事表面上发生在12世纪的北宋末年，实际上是16世纪末明朝社会生活的写照。《金瓶梅》集中写一个城市中等家庭，写它的饮食起居、喜丧礼仪、妻妾争风、社会交往，写它的盛衰冷热聚散，并从家庭辐射到社会各阶层，呈现了一个道德沦丧、人欲横流的腐烂世界。

《金瓶梅》的结构艺术在中国古代长篇小说发展史上具有开创性的意义。它不像《三国志演义》《水浒传》《西游记》，题材都经过长期累积，结构上也相应地具有连缀性、板块化特点。《金瓶梅》不再是相对独立的故事的连缀，人物事件之间存在深刻的联系，像现实生活本身一样看似琐碎却又浑然一体。

作为明代"四大奇书"，《金瓶梅》的奇，首先奇在它赤裸裸的性描写上。《金瓶梅》最引人注目的是它的性描写，最遭受非议的也是它的性描写。《金瓶梅》的奇，还奇在人物的非英雄化、素材的当代化、情节的非传奇化。作者耐心细致地描写日常生活细节，令人信服地呈现人物置身其间的社会背景，笔法细腻，文风流畅。《金瓶梅》是中国第一部文人独创的长篇小说，也是第一部以家庭生活为题材的长篇小说。它对后来的世情小说、家庭小说创作产生极为深刻的影响。

第四节　传奇小说与话本小说

明初传奇小说的代表作是瞿佑的《剪灯新话》和李昌祺的《剪灯余话》。

瞿佑（1347—1433），籍贯山阳（今江苏淮安），祖居钱塘（今浙江杭州）。《剪灯新话》成书于洪武十一年（1378），共21篇作品，模拟唐传奇笔法以写神怪。小说具有鲜明的时代特色，折射出元末社会的战乱。《太虚司法传》描写乡村"荡无人居，黄沙白骨，一望极目"，可谓生活实景。《爱卿传》《翠翠传》《秋香亭记》三篇表现的都是战乱背景下的爱情悲剧。

李昌祺（1376—1452），庐陵（今江西吉安）人。曾参加纂修《永乐大典》。《剪灯余话》乃模拟《剪灯新话》之作，不仅体例、故事题材相近，甚至连作品篇数也是21。书中艺术成就较高的是那些描写爱情故事的作品，如《秋千会记》《芙蓉屏记》《贾云华还魂记》《连理树记》等。

《剪灯新话》《剪灯余话》两书很受读者欢迎，抄写、镂版，效仿之作也纷纷涌现，袭用"剪灯"之名的就有《剪灯传奇》《剪灯续录》《剪灯琐语》等。明代中叶，《剪灯新话》甚至流传到朝鲜、日本和越南。

明代中后期的传奇小说，数量最多的是中篇故事，学界称之为"中篇传奇小说"。这类作品基本上都是描写儿女私情，语言是浅显的文言，篇幅比一般文言小说长得多，至少万余字，叙事中羼入大量诗词，作者不再是瞿佑、李昌祺那样的精英，而是下层文士。刊于弘治十六年（1503）的《钟情丽集》

是现在所知明代中篇传奇小说的最早刊本。现存明代中篇传奇小说集有《风流十传》《花阵绮言》两种，通俗类著述辑录传奇小说有《国色天香》《绣谷春容》《万锦情林》《燕居笔记》等。

明代话本小说继承宋元话本，并与图书市场的繁荣密切相关，经历了搜集改编旧本、改编当朝时事新闻、文人独立创作三个阶段，艺术上也由俗到雅，与民间口头"说话"渐行渐远。嘉靖年间著名学者、藏书家洪楩编刊的《清平山堂话本》是现存最早的明刊话本小说集。此书原名《六十家小说》，分"雨窗""长灯""随航""欹枕""解闲""醒梦"六集，每集10篇，共60篇，今存29篇。此外尚有万历年间熊龙峰刊单行本小说，今存四种，宋明作品各两种。这两部话本小说集所收作品，都是记录"说话"再加以润饰，保留了口头文学的诸多特征，故事的内容也重在娱乐。

话本小说能在文坛上占领一席之地，首先应归功于泰昌、天启年间冯梦龙编刊的《喻世明言》（初名《古今小说》）《警世通言》《醒世恒言》，合称"三言"。冯梦龙（1574—1646），字犹龙，别署顾曲散人、墨憨斋主人等，江苏长洲（今苏州）人。"三言"共120篇小说，部分改定宋元旧本，部分改写现成的文言故事。就题材内容而言，有历史故事，有文人风流，有商旅风波，有男欢女爱，有公案，有宗教传说，有鬼神灵异，但主体是对普通市井小民生活情感的描绘。叙事风格上虽然保留了"说话"痕迹，但描写更加细腻，善于通过对话和行动来描写人物、推动情节。

"三言"出版后，话本小说创作出版呈现繁荣局面。比较著名的作品集有凌濛初编写《拍案惊奇》《二刻拍案惊奇》（合称"二拍"），陆人龙编写《型世言》。其他影响较大的话本小说专集还有《西湖二集》《欢喜冤家》《鼓掌绝尘》《石点头》《鸳鸯针》等。

第八章　清代文学

（1644—1911 年）

　　清代文学最重要的特征是集以前各代文学之大成。就文体而论，清代之前，一代有一代之胜，如汉赋、唐诗、宋词、元曲等，唯独清代文学，没有创造出任何一种能够代表一个时代的文体。但是，唯有清代文学，包罗万象、兼有以前各代文学之长，而放射出璀璨光芒。清代文章写作，大家林立，骈文、古文争奇斗艳。清代诗词浩如烟海，其实绩可与唐诗、宋词鼎足并立。清代小说、戏曲继明代之后取得非凡成就。清代的文学理论和文学批评，成果丰硕，具有总结性特点。这些均是清代文学独异于前代文学之处。

第一节　清代文章学

　　清代文章呈骈文与古文并盛的局面，而且在巨大的创作实绩之外，还有深入的理论探究。

在经历唐宋古文运动的重创之后，骈文创作及其文学史地位迅速跌入低谷。清代初年，骈文得到了复兴。顺治、康熙之际的不少遗民作家在其泣血悲歌的写作中，笔下风霜裹挟着强烈的情感意绪以驱遣文辞，造就了诸多骈文大家和佳作。但随着清王朝文治的推进，满汉之争、夷夏之辨的日渐淡化，代之而起的是乾隆、嘉庆时期沉博典雅一路的骈文，这完全得益于此际学术的繁荣发展。由于骈文家学识博通，几乎完全不受声律、骈偶、属对、用典等诸多形式的束缚，表现出行云流水的韵致，不但给人以强烈的感官享受，更在精神上给人以震撼与共鸣。

乾、嘉时期骈文的繁荣是全面的，并形成了诸多流派、群体。以胡天游、袁枚为代表的浙江作家逐渐形成了"博丽派"，以洪亮吉、刘星炜、孙星衍、李兆洛为代表的常州作家形成了"常州派"，以孔广森为代表的作家形成了"六朝派"，以汪中、阮元为代表的扬州地区作家形成了"扬州派"（或称为"仪征派"）。

胡天游（1696—1758），字稚威，浙江山阴（今绍兴）人。他的骈文，无论炼字造句，还是谋篇布局，皆力避软媚俗熟，追求独出奇秀，最为独特的便是他将中唐古文浑灏流转的笔调和气势融入到骈文创作中，奥衍奇肆、矫健纵横的行文，以及遒劲的力度，雄奇强烈的气势，无不给人以"虽偶实奇"的强烈印象。代表作有《报友人书》《贻友人书》。汪中（1744—1794），字容甫，江都（今江苏扬州）人。他的骈文创作，善于借用古典以述今事，抒写人生的苦难和悲悯。他的作品能突破四六程式，状难写之情，含不尽之意，沉博绝丽、磊落不平、感情深挚、韵味悠长，用典属对精当妥帖，是清代骈文中兴的高格。代表作有《自序》《经旧苑吊马守贞文》《哀盐船文》等。洪亮吉（1746—1816），字稚存，号北江，晚号更生居士，阳湖（今江苏常州）人。贬谪西北边疆的经历，让洪亮吉的创作别具新意。《天山赞》《翰海赞》《冰山赞》《净海赞》等一系列写西域塞外风光的骈俪之作，表现新疆自然风光，充盈着浓郁的西域风情。著名的《出关与毕侍郎笺》，叙写他为好友黄景仁营办丧事，及其凄恻之情，感人至深。

乾、嘉时期诸多骈文流派形成过程中，很多理论家如阮元和李兆洛等，提出了一些旗帜鲜明的骈文写作主张。阮元（1764—1849），字伯元，号芸台，江苏仪征人。他表达了骈文散文不可偏废的基本观点，认为"文必有韵""文必尚偶"，即必须押韵、对偶。这些主张比较通达，因此获得广泛响应。李兆洛通过编选《骈体文钞》表达了他"骈散合一"的文学观点。

第八章 清代文学

晚清70年的骈文创作，江、浙两省的作家依然活跃，在湖湘大地出现的以王闿运、皮锡瑞、王先谦为代表的骈文家群体尤其令人瞩目。这些骈文家有其相近的学术背景，大多走着公羊学的路数，与常州学派有着很深的渊源关系。

清代是中国传统学术文化的大总结时期，以考据为代表的清代"朴学"直接影响到清代散文的发展。清代初年以顾炎武、黄宗羲、王夫之为代表的儒者，他们极力主张文章为道德、为学术的观点，所写散文充溢着激烈的情感。以侯方域、魏禧、汪琬为代表的"清初三大家"，被称为"文人之文"，与顾、黄、王三位大儒浓厚的学者气息形成鲜明的对比。有人认为，侯方域是才人之文，魏禧是策士之文，汪琬是儒者之文。这恰好说明清初散文朝向多元化的发展态势。

清代散文影响最为深远的是"桐城派"。康熙五十二年（1713）的文字狱"戴名世《南山集》"一案，对当时文人震动很大。在朝廷的推挹下，方苞倡导的"澄清无滓""淳实渊懿"的文风逐渐盛行起来，尤为桐城后学所尊崇，被推尊为"桐城派"的开创者。方苞（1668—1749），字灵皋，号望溪，桐城（今属安徽）人。方苞提出的"义法"说，是后来桐城派散文最为核心的理论。他主张散文要有益于世教、人心、政法，提倡清真雅正的文风，要求文章的内容与形式相统一。其代表作《左忠毅公逸事》《万季野墓表》《游潭柘记》等，皆属于这类简练雅淡的佳作。桐城派散文的艺术性，在刘大櫆手里得到了进一步的发展。刘大櫆（1698—1779），字才甫，一字耕南，号海峰，桐城人。他发展了方苞"义法"理论中的"法"，提出了"因声求气"之说。在这一文章观念的指引下，刘大櫆的散文喜欢铺张排比，以辞藻气势见长，具真气淋漓之格调，所作《焚书辨》《书荆轲传后》《送姚姬传南归序》《黄山记》皆是这类文风的代表作。乾隆末年，姚鼐继承桐城先贤的古文传统，终于集其大成，取得了很高的艺术成就。姚鼐（1732—1815），字姬传，室名惜抱轩，桐城人。他提倡义理、考据、词章三者相济，同时将"神理气味""格律声色"列入文章的八大要素，对"阳刚之美"和"阴柔之美"都不偏废。他的《登泰山记》《伍子胥论》《刘海峰先生八十寿序》《答翁学士书》诸作，多属简洁清淡、纡徐要渺之属。姚鼐曾屡任山东、湖南乡试考官，并先后执掌梅花、紫阳、敬敷等多地书院的讲席长达40年，以其个人影响及所编《古文辞类纂》，使桐城文脉大张其帜，在全国范围内产生极大影响，形成了天下云集响应的局面。

就在风行文坛之际，时人对桐城文章依然有着不同的声音。著名诗人袁枚就从"性灵"理论出发，主张文章应该根据作家各自的"天性所长"，自由书写，表达出自己的思想和情感。在乾嘉学术隆兴的时候，杭世骏、全祖望、王鸣盛、戴震、赵翼、钱大昕、汪中、洪亮吉、孙星衍、张惠言、阮元等大批一流学者孜孜于"无征不信"的学术研究。他们的散文融学于文、学文互济，不完全沉溺于辞藻，以"明道义、维风俗以昭世"（姚鼐：《复汪进士辉祖书》）为己任，属于典型的学术散文。其中尤以张惠言为首的常州派散文作家最为突出，在桐城派之后，形成了"阳湖文派"。在清代常州学术"会通致用"的风气影响下，阳湖派作家们主张师法广博和并蓄，经世与事功并重。无论是散文理念，还是创作题材和风格，阳湖派都极具开创性，成为中国文学近代化进程中的关键转捩点，这突出表现在对龚自珍、魏源等人散文创作的影响上。

在清末经世文章之风盛行的过程中，曾国藩的影响最大。曾国藩（1811—1872），字涤生。湖南湘乡人。早年散文学桐城派，但又突破桐城派的戒律，明确主张骈散并用。他的散文气势舒展雄厚，与桐城派"清淡简朴"的雅洁之风相去甚远，故而在他身后有"湘乡派"之称。关于散文的内容，曾国藩则在姚鼐"义理""考据""词章"之外，更增加了"经济"（即经世致用）一目，要求应时济世，纠正了桐城派末流一味追求清闲雅淡而日益脱离实际的倾向。以曾国藩为代表的散文创作新变，和此时蔚然兴起的资产阶级改良运动者的新体散文合流，构筑成近代散文发展的滚滚潮流。

自 19 世纪中期以后，一批接触西学、有志革新的本土知识人在写作中突破传统文言书写的文章范式，逐渐形成容纳大量新式语汇以至句法、趋于浅易和口语化、篇幅长短咸宜的新的写作趋向，其影响及至于今日正在使用的汉语书面语。随着西学的输入及近代印刷业与报刊事业的发展，王韬等人的文章写作开始出现新质素。黄遵宪、严复、林纾等一批生于 19 世纪 40—50 年代的学者文人，在西学的引进方面起到了关键的历史作用。再经过 19 世纪 60—70 年代的梁启超等人在 19 世纪末期提出"文界革命"的口号，并以其"新文体"写作实践为人瞩目，进一步扩大了新学的影响。至出生于 19 世纪 80—90 年代者，如陈独秀、章士钊、胡适等，与"文界革命"发生关系，于是发起了"五四"新文化运动，中国文学从此进入了一个全新的历史时期。

第二节　清代诗歌

清代是古典诗歌的最后一个辉煌时期，也是诗歌迈向近现代社会的一个关键时期。1644—1911 年的 260 多年间，诗人辈出，作品数量惊人。据统计，清代有 19700 多家诗人有诗集传世，诗文别集 40000 多种。古典诗歌的所有形式、风格、题材都有呈现，在诗歌史上别有一种超越明代、抗衡唐宋的局面。清代诗歌有三个鲜明特点,一是女性诗人多,数以千计的闺秀诗人吟诗结社,是中国诗歌史上的一个奇迹。二是少数民族诗人多,尤其是八旗诗人文化群体的出现,呈现出中华文学多元一体的繁荣景象。三是诗歌理论著作多,仅诗话就有1500多种,达到了古典诗学的顶峰。

明清鼎革,满族一统中原,给当时的诗人以深巨的刺激。时代的巨变改变了诗人的命运,诗歌创作也呈现出与明末迥然不同的特点。由明入清的诗人,按照政治态度与身世际遇的不同,大致可以分为三类:一是贰臣诗人,即主动投降清朝或者被迫在清朝为官的诗人,如钱谦益、吴伟业。二是殉难诗人,即坚持反抗清朝在战火中牺牲的,如陈子龙、夏完淳、张煌言。虽然他们慷慨激昂的诗篇多写于1644年以后,但是文学史的写作传统惯例是把他们归于明朝诗人来论述的。三是遗民诗人,即在政治倾向上坚持不与清朝合作,如顾炎武、黄宗羲。这三类诗人虽然在诗歌内容上存在着巨大差异甚至截然相反,但是由于身经朝代更替的艰难岁月,诗篇中都不同程度地寄寓了家国兴亡的感慨、民生疾苦的关切。

贰臣诗人中,在明朝就已经声名显赫的钱谦益、吴伟业成为清初诗坛领袖。钱谦益开虞山诗派先河,吴伟业开创了娄东诗派,他们和龚鼎孳被称为"江左三大家"。钱谦益(1582—1664),字受之,号牧斋,明末东林党领袖之一。他在诗学上主张转益多师，出入唐宋，又从以诗补史的角度出发，盛赞宋代遗民诗歌，开启了清代学宋的诗歌风尚，并影响深远。吴伟业（1609—1671），字骏公，号梅村。在诗学主张上，吴伟业取法盛唐，同时师法中唐著名诗人元稹和白居易，擅长用长篇歌行来叙写时事，以明清易代之际的重大历史事件为背景，展现社会变故和人生悲剧，因跌宕起伏、引人入胜、用典贴切、声律工稳、辞藻艳丽、通俗流畅，风行一时，被称为梅村体。代表作是《圆圆曲》。

清初遗民诗人人数众多，以顾炎武、黄宗羲、王夫之、吴嘉纪、屈大均的名气最大，影响也最为深远，他们的诗歌各具特色。顾炎武（1613—1682）的诗直写胸臆，苍凉劲健，沉着雄厚，洋溢着恢复汉政权的战斗热情。顾炎武、黄宗羲、王夫之并称"明末清初三大思想家"，纵观整个清代，盛行整理历代诗歌，提出个性鲜明的诗歌主张，诗歌创作呈现出学者气象，与这三位关系密切。吴嘉纪（1618—1684）的诗歌深刻揭露了清兵的暴行、百姓贫苦，笔法老辣，词多危苦，简朴通俗。技法上热衷效法唐代的孟郊、贾岛，以"盐场今乐府"闻名于世。屈大均（1630—1696）的诗激荡昂扬，富于浪漫气息，有李白、屈原的遗风。

随着清朝统治的进一步稳固与文治政策的实施，遗民诗歌走向式微，在清朝参加科举的本朝诗人崛起，代表人物有施闰

第八章 清代文学

章、宋琬、王士禛、朱彝尊、查慎行。施闰章（1618—1683）宗尚唐诗，倡导温润敦厚的诗教，主张学术与文学互渗，以"醇厚"为中心，追求"清深"的诗境和"朴秀"的风貌。宋琬（1614—1673）身世坎坷，追慕杜甫、韩愈诗风，用语奇丽、比喻清新、委婉和平、属对工巧。宋琬长于古体诗和律诗，为时人所推崇，被誉为"诗人之雄"，与施闰章号称南施北宋。王士禛（1634—1711）是继钱谦益之后的诗坛领袖，提出"神韵说"，主张诗歌含蓄蕴藉，风格清远冲淡，以期达到言有尽而意无穷的境界。他选编的《唐贤三昧集》，是神韵说宗旨的集中体现。朱彝尊（1629—1709）的诗清新浑朴，与王士禛齐名，并称南朱北王。查慎行（1650—1727）是继朱彝尊之后东南诗坛的领袖人物。他的诗学习宋代苏轼、陆游，用笔沉着，发扬了宋诗技巧，是清初学习宋诗成就最大的诗人。

雍正、乾隆时期，号称盛世。在这种社会文化风气中，诗歌趋于平和中正，理论探索活跃，沈德潜提出格调说，翁方纲提出肌理说。因不满神韵派诗歌肤廓的现象，沈德潜（1673—1769）倡导"格调说"，论诗以儒家诗教为本，古体诗宗汉魏，近体诗师法盛唐，要求诗歌创作归于和平雅正，推崇社会教化功能。遵循格调说理论，他编选了《古诗源》《唐诗别裁》《明诗别裁》《国朝诗别裁》。在沈德潜倡导的唐诗盛行之时，厉鹗（1692—1752）倾心宋诗。他家境贫寒，性格孤僻，爱游历山水，是继查慎行之后学习宋诗的一个重要人物，著有《宋诗纪事》。他重学问，诗作幽峭，精于炼字，被称为浙派领袖。金石学家翁方纲（1733—1818）将考据学引入诗中，论诗倡言肌理。在内容方面以儒家六经为本，形式方面讲究诗律、结构章法，以考据、训诂增强诗歌内容，融汇义理、考据、词章为一体。影响所致，形成学人之诗和宋诗运动。在格调说与肌理说风行之际，袁枚（1716—1793）倡言性灵，反对格调说的拟古倾向和将考据学引入诗中的倾向，倡导性情至上，情感要真，笔调灵活，侧重抒写个人真情实感，突出创作个性。他的诗为诗坛吹来一股清新风气。同时还有赵翼、蒋士铨，与袁枚并称"乾隆三大家"。乾隆后期的黄景仁（1749—1783）能够写出盛世悲歌，用诗歌抨击世道黑暗、是非不分，人情浇薄，诗歌博采唐人而自出机杼，用语沉痛，字字心酸。属于性灵派的舒位、王昙、孙原湘，与"乾隆三大家"相对，被称为"后三家"，为龚自珍诗歌创作导夫先路。

　　道光二十年（1840）第一次鸦片战争爆发，中国面临亘古未有的变局，从此进入半封建、半殖民社会，清代的诗歌创作发生了巨大变化。一些经世派诗人，发出了改革社会的新声。鲜明的民主思想主题结合艺术上的摒弃傍依、主张创新，成为清代中叶的诗歌主流，龚自珍、魏源、王韬是其中的代表。龚自珍（1792—1841）是清代得风气之先的思想家和诗人。他的诗歌揭露封建统治的腐朽本质与没落，抒发了关心祖国民族命运的激情、忧国忧时而不见容于世的苦闷，饱含深沉的忧患意识，新奇奔放，傲岸不羁，彻底打破了诗坛的庸俗风气，成为近代文学的开山。

在动荡不安的社会里，以祁寯藻、程恩泽为首，偏于宋诗格调的流派兴起，史称"宋诗派""宋诗运动"，主要诗人有出于程恩泽门下的何绍基、郑珍、莫友芝以及曾国藩。在创作倾向上他们受当时学术主潮汉学的影响，重视人品与学问，将学人、诗人之诗合二为一，主张诗歌要有独创性，自成面目，反对模拟。其中郑珍成就最高，他的诗歌长于白描，用语洗练，平易近人。宋诗运动的继承者在光绪十年（1884）前后活跃起来，世称"同光体"，他们主要学宋诗，也学中唐韩愈、柳宗元、孟郊。"同光体"分为以陈衍为代表的闽派，陈三立为代表的赣派，沈增植为代表的浙派。此外，王闿运、邓辅纶为代表的诗人模拟汉魏六朝，形成汉魏六朝派，樊增祥、易顺鼎崇尚晚唐香艳体，形成晚唐派。清代诗坛的又一突出现象是，闺秀诗人和八旗诗人的涌现，构成了一道靓丽的风景。

甲午战争（1894）到清朝灭亡，爆发了资产阶级改良运动和民主革命运动，诗歌领域出现诗界革命，黄遵宪成为诗界革命的旗帜。黄遵宪（1848—1905）是维新变法运动的重要人物。他反对模拟古人，呼吁"我手写我口"。反帝卫国、变法图强是他诗歌的两大主题，一些重大历史事件在诗中都有反映。此外，他的诗歌描写了海外世界及新生事物，拓展了诗歌内容，给人耳目一新的感觉。除了黄遵宪外，资产阶级改良派诗人主要还有康有为、梁启超、谭嗣同。

第三节　清词的复兴

词在经历元、明两朝的衰颓以后，在清初重新开启了一个不断崛起的过程。清词的复兴包括题材的扩大与延伸，创作手法与技巧的变化，词境的提升和词学理论上的构建等多个层面。

清初词坛，流派纷纭，迭现高潮，出现了以陈维崧为首的阳羡词派、朱彝尊为首的浙西词派，陈维崧、朱彝尊二人是清词发展中的重要代表人物。陈维崧（1625—1682），字其年，号迦陵，江南宜兴人。现存《湖海楼词》，存词多达1800首。他的词风模仿苏辛，以壮语著称，尤于稼轩为近。在创作上，陈氏的词作关心社会现实，悼家国之沦丧，抒民生之苦哀的篇章甚多，他以词写史叙事，是词学发展的新现象。陈维崧还提出"词史"说，第一次明确形成一个与"诗史"并存的概念，强调了词的社会教化功能。朱彝尊（1629—1709），字锡鬯，浙江秀水人。其词以姜夔、张炎为宗,标榜醇雅、清空,以婉约为特色,多在字句声律用功。朱彝尊还以自己的论词观点为标准,选编了唐、五代、宋、金、元500余家词为《词综》。这是一部重要词选,流传广泛,影响深远。此书一出,浙派宗风愈炽。

旗人作家群体中声名最著者为纳兰成德(1654—1685),因避讳,改名为性德,字容若。他现存300多首词中,一小部分为边塞风光,友朋酬赠,大部分为爱情词。他的爱情词景真、情真、意真,十分感人,如《金缕曲·亡妇忌日有感》。纳兰容若擅长小令,被认为是李煜、晏几道以来的一位名家,清初词坛无人能胜过他。

朱彝尊去世之后,浙西词派的领导人物,是钱塘人厉鹗。厉鹗(1692—1752),字太鸿,号樊榭。他学词专尊南宋,将周邦彦和姜夔视作词学典范,以"清"与"雅"作为词好坏的标准。在艺术特点上,他主张词应该是幽隽清绮,婉约淡冷;作品蕴意上,提倡"写心",认为词要表达真情,有所寄托,以显示不含俗态的清高志性。晚期浙西词派的创作陷入了僵化,词作的内容渐趋空虚、狭窄,创作手法专在声律格调上着力,缺乏变化。吴锡麒和郭麐的创作,代表着浙西词派内部的自我变革。

嘉庆之后,由于浙西词派的创作越来越狭窄,张惠言为挽救词学颓风，以治经之法作词，史称"常州派"。张惠言（1761—1802），字皋文，号茗柯。常州词论始于张氏编辑的《词选》，在序中，他阐述了常州派的基本思想与理论。与浙派的主张相反，他在题材和内容上，提倡比兴寄托，要求词作能反映现实生活，发挥其社会功能。张惠言之后，周济（1781—1839）将"常州派"理论发扬光大。

闺秀是清代文学创作中的重要群体。以词而言，有徐乃昌所汇辑的《小檀栾室汇刻闺秀词》及《闺秀词钞》二书，收录清代女词人600余家，其中，顾太清、徐灿、顾贞立、吴藻等，成就都非常突出。

晚清是中国社会向现代转型的特殊历史时期。以词学而言，社会变革对题材内容、风格特色和理论观念都有巨大的影响。在词学史上，"常州派""浙西派"的交融，是此段时期最大的特色。谭献（1832—1901）是晚清词坛领袖人物。他初名廷献，字仲修，号复堂。浙江仁和人。词集有《复堂词》，录词104阕，另选有《箧中词》，为清代最重要的词选作品。谭献是常州词派晚期的代表，上承张惠言和周济的观念，提出"柔厚之旨"，开近代词学之风尚。他认为，词要符合儒家之要义，雅正平和，怨而不怒。

清末词人王鹏运、郑文焯、朱孝臧、况周颐并称"晚清四词人"。他们都生活在清末和民国初年之交的特殊历史环境中，以遗老的身份，借填词以抒黍离之感，又有着共同的词学主张，"以立意为体，故词格颇高；以守律为用，故词法颇严"。创作和理论中都体现出新时期的特点。王鹏运（1849—1904），字幼霞，号半塘老人，广西临桂人。他仍可被视为常州词派的传人，力尊"词体"，尚"体格"，提倡"重、拙、大"以及"自然从追琢中来"等，使常州词派的理论得以发扬光大，并直接影响当世词苑。郑文焯（1856—1918），字俊臣，号小坡，奉天铁岭人。他精通词集校勘之学。他推尊词体，将其视为词人情感的寄托。其作词以姜夔、张炎为法，精声律，倡导清空澹雅的美学趣味，认为词体要以轻灵之气，发经籍之光。朱祖谋（1857—1931），原名孝臧，字藿生，号彊村，浙江吴兴人。他潜心声律研究，重视词集校勘，主持编刻《彊村丛书》等，搜集唐、宋、金、元词家专集163家，遍求南北藏书家善本加以勘校。况周颐（1859—1926），字葵孙，号蕙风。他尤精词评，著有《蕙风词话》五卷，是近代词坛上一部有较大影响的重要著作。

第四节 清代戏曲

有清一朝，历位皇帝均嗜好观剧，帝王的称赏与奖掖，成为戏曲创作、演出盛行的最佳助力。戏曲演出的异常繁荣促成了艺术的不断进步，昆曲和地方戏争奇斗艳，使得"花雅之争"成为清代戏曲的一大标志，并直接影响了京剧的萌生。

清代戏曲首先值得注意的是宫廷编剧和演剧。戏曲演出一直是节庆典礼的重要组成部分。清初，江山初定，政局未稳，宫廷演出一应沿用明代制度，由礼部教坊司衙署管理演剧。康熙年间，内廷建立了专门管理戏曲演出的衙署：南府和景山。顺、康年间，帝王已经着意新编剧本，至乾隆时，清代宫廷编制了大量的承应戏，以供节庆庆典演出之用，宫廷戏的编撰和演出达到鼎盛。宫廷承应戏着重编写年节、时令、喜庆演出剧目，内容通常是佛道神仙等给皇家拜年请安的故事。另有部分纯属为颂扬皇恩浩荡而杜撰，情节简单，类似歌舞。在大量编演戏曲的同时，清代统治者也加强了对戏曲剧本和民间演出的查禁，体现了清廷对待汉族文化的矛盾心态。

康熙年间，洪昇的《长生殿》与孔尚任的《桃花扇》先后问世，成为清代戏曲创作的两座高峰，世称"南洪北孔"。这两部剧作均以儿女之情为情节主线，借以反映出社稷兴亡的历史图景。洪昇（1645—1704），字昉思，号稗畦，浙江钱塘（今杭州）人。《长生殿》共二卷，50出。剧中以唐玄宗和杨贵妃的爱情为主线，再现了唐代由盛转衰的过程，抒发了乐极哀来的幻灭感和无尽的幽思。《长生殿》不仅具有深刻丰富的历史内涵，而且具有高超的艺术造诣。它规模庞大、结构谨严、关目衔接、针线绵密、叙事简洁、写景如画。在语言上，《长生殿》善于化用前代诗、词、曲的名章佳句，曲词流畅清丽，富有诗意美、韵律美，善于融情入景，形象地传达出人物的内心情感及心理活动，同时富于性格化和动作性，真正做到了曲辞与音律俱佳，文情与声情并茂。《长生殿》问世之后，轰动一时，勾栏中争相上演，影响极为深远。与洪昇同时并齐名的另一位剧作家孔尚任（1648—1718），字聘之，号东塘，山东曲阜人。《桃花扇》是一部基于史实创作的历史剧。此剧以明末动乱之世为时代背景，借复社文人侯方域和秦淮名妓李香君的离合之情为线索，揭示"六朝金粉之地"弘光小朝廷兴亡的原因。《桃花扇》一剧塑造的人物形象极其丰满。李香君虽身陷青楼，但明于大义，忠于国家，且不畏强权，宁死不屈，以鲜血和生命捍卫自身的人格。此外，明辨是非、铁骨铮铮的艺人柳敬亭、苏昆生等也是剧中突出、耀眼的经典形象。《桃花扇》自问世起，在舞台上长盛不衰。

明清之际苏州地区出现的十多位剧作家，虽并未真正结社，但相互交往频繁，合作切磋，在创作中形成了共同的文学风格，人称"苏州派"。李玉（1616—约1677），字玄玉，是"苏州派"剧作家群体的代表人物和中坚力量。李玉既富才情，又娴音律，专心治曲，剧作数量很多，最著名者有"一人永占"，即指《笠庵四种曲》中的《一捧雪》《人兽关》

《永团圆》《占花魁》四部作品，均创作于明亡以前。这四种传奇反映了社会下层的世态人情，表彰了微贱中道德高尚者，嘲讽鞭挞了唯利是图、忘恩负义的卑劣行径。入清以后，李玉受到遗民思想的影响，更加关注朝政军国之事，编撰出许多颇有寄托寓意的历史剧作，代表作品是《千忠戮》（又名《千钟禄》）和《清忠谱》。李玉之外，苏州派作家群还有朱素臣、朱佐朝兄弟以及张大复、朱云从、盛际时、丘园、陈二白、毕魏等人。"苏州派"的剧作家经历易代巨变，目击丧乱，洞悉世情，了解民间疾苦，将对国事的思考写入了戏剧作品之中，故能切中时弊，曲词中自然带有一股慷慨激昂之气。他们擅长利用历史题材，善于塑造小人物，还敢于正视现实，直面人生，描写重大社会事件和政治斗争，反映人民群众的要求和愿望。他们的剧作不仅追求题材的真实性和时效性，同时讲究戏剧性，重视舞台性，清新刚健，朴实自然，对明末清初的传奇创作产生了极大推动作用。

清初的杂剧和传奇作品同样因明清易代的历史剧变与清初文字狱的原因，表现出通过历史题材以古喻今的特点，借以抒发满腔的悲愤和哀思。清初的一批饱学之士，以文士之才情度曲，在题材上借史喻今，在文字上逞才使气，剧作文采斐然，只求尽兴而不大注意戏剧结构和舞台要求，案头化倾向比较严重，难以被之管弦。代表作有丁耀亢的《化人游》《表忠记》、吴伟业的《秣陵春》、尤侗的《读离骚》《钧天乐》等。清初戏曲重视音律和技巧的作家有万树和李渔。万树论曲，音、情、理并重。在创作上，大量运用误会、错认、巧合和突变等手法。他的戏曲作品关目变幻多端，穿插照映妥帖，技巧圆熟，语言工巧，在当时得到颇高评价。其作品有传奇三种，合刻本题《拥双艳三种曲》。李渔是清代一位戏曲奇才，具有极高的艺术鉴赏力。他的创作主要为了牟利，由此决定了他必须迎合读者和观众的需求。其传奇多演才子佳人艳遇故事，善于运用误会和巧合来组织情节，关目生动，结构新颖，宾白通俗机趣，生动活泼，符合人物身份，便于演出，所以在舞台上流传甚广。代表作是传奇《笠翁十种曲》，其中《风筝误》名声最响。清代中期，杂剧创作转入低潮，剧作家在形式与内容上追求新变，乾隆年间享有声望的杂剧作家是杨潮观和蒋士铨。杨潮观代表作是《吟风阁杂剧》三十二种，蒋士铨的代表作为《冬青树》。

清代戏曲史上还有一个重要的现象，就是"花雅之争"。在戏曲腔调上，代表着"雅部"的昆腔细腻婉转，在艺术表现上确实达到极高境界。但其剧本及演出，经过百余年的发展，在程式规范上墨守成规，失去鲜活的生命力。而各种地方腔调，如秦腔、梆子腔、弋阳腔等，则以其更为新鲜的面目赢得了观众的喜爱，形成了活跃的"花部"。花雅之争的核心地区是北京。康熙朝伊始，花部戏曲陆续进京，百余年间，由兴而盛。清代最重帝后万寿庆典，朝廷指派地方官员与盐商等选送戏班进京唱戏，由此引发众多戏班进京献艺，到嘉庆初已形成名优云集，一时称盛的繁荣局面。徽班自乾隆末期首次进京，经过近百年的发展，广泛吸取其他艺术形式的精华，至光绪中期，树立了新的表演风范，最终促成了京剧的形成。

第五节　清代小说

顺治及康熙前期，版图尚未完全统一，清朝统治者以军务为重，对文学创作的禁锢较少，清初小说的创作刊行仍保持旺盛势头。该时期的小说可以分为时事、才子佳人、话本、英雄传奇、世情小说五大类。清初文人继承了明末时事小说的传统，短短数年间，涌现出了多部描写明清鼎革的时事小说。这些应时而作的作品，大多粗糙简陋，虽然艺术上价值不高，但不同程度地反映了当时的社会现实。其中《樵史通俗演义》《台湾外志》有较高的史料价值。才子佳人小说兴起于清初，此类小说虽然数量众多，故事情节却陈陈相因，千篇一律，大多囿于"私定终身后花园，多情公子中状元，奉旨完婚大团圆"的情节套路，反映的是普通士人的人生理想，即功名富贵、娇妻美妾。该类小说可分为雅派和俗派两种。雅派的代表

第八章 清代文学

作品有天花藏主人的《平山冷燕》《玉娇梨》和名教中人的《好逑传》。俗派有烟水散人即徐震的《合浦珠》《桃花影》等。清代的话本小说创作主要集中于清初,其中最有名的是李渔的《无声戏》和《十二楼》。这两部小说娱乐性强,基调轻松,富于喜剧色彩,对当时的社会现实基本采取回避态度。清初另一部艺术成就较高的话本小说是艾衲居士的《豆棚闲话》,它在叙事方式、结构体制上突破了话本小说的固有模式。此外,其他重要作品还有《醉醒石》《清夜钟》《照世杯》《觉世棒》等。明清易代,阶级矛盾和民族矛盾错综复杂,为英雄传奇小说注入新的时代特征,代表作品有陈忱的《水浒后传》、钱采的《说岳全传》和褚人获的《隋唐演义》等,另有俞万春的《荡寇志》也属于此类。清初世情小说的代表是西周生的《醒世姻缘传》和丁耀亢的《续金瓶梅》。前者具有深厚的社会内容,以写实为主,语言生动自然。后者内容接续《金瓶梅》,意在劝善惩恶。

清代文言小说,因蒲松龄《聊斋志异》的问世而一改明代文言小说着意闺情艳语、文笔冗弱的倾向,文言小说创作出现前所未有的繁荣。蒲松龄(1640—1715),字留仙,一字剑臣,别号柳泉,山东淄川(今属淄博市)人。《聊斋志异》最早的刊本是乾隆三十一年(1766)的青柯亭本。《聊斋志异》约有500篇作品,从文体上看,既有记述鬼怪传闻的魏晋六朝志怪体，又有叙事宛转、寄托遥深的传奇体，后者最能代表《聊斋志异》的艺术成就。《聊斋志异》虽然谈狐说鬼，虚幻的情节中却包含着丰富的现实内容，如激烈抨击科举制度、批判道德伦理的败坏、揭露官场的腐败黑暗等。《聊斋志异》以文言叙事，精练含蓄，摇曳多姿，长于抒情状景，有助于营造诗一般的意境。蒲松龄还接受了明中期以来小品文的影响，善于吸收提炼当代的口语方言，摹写人物情态声气莫不生动灵活，口吻毕肖。《聊斋志异》刊行后，受其影响，文言小说创作进入繁荣时期，谈狐说鬼成为一时风气。比较有名的作品有和邦额的《夜谭随录》、沈起凤的《谐铎》、袁枚的《子不语》，而纪昀的《阅微草堂笔记》影响尤大。《阅微草堂笔记》有三个特点，一是学术性的内容较多，夹叙夹议。二是语言上尚质黜华，简淡自然。三是创作宗旨在于有益于世道人心。嘉庆以后到清末，受蒲松龄、纪昀两人的影响，陆续有文言小说问世，较有特色的有宣鼎的《夜雨秋灯录》、许奉恩的《里乘》、王韬的《淞隐漫录》。

　　清代白话小说有两部巅峰之作，即吴敬梓的《儒林外史》和曹雪芹的《红楼梦》。

　　吴敬梓（1701—1754），字敏轩，号文木，安徽全椒人。《儒林外史》今存最早版本为嘉庆八年（1803）卧闲草堂本（五十六回）。《儒林外史》围绕士人对"功名富贵"的态度，

第八章 清代文学

为形形色色的士人立传,反思了18世纪知识分子的心灵状态和人生选择。小说由三个部分组成:第一至三十回,刻画了热衷八股时文的试子和貌似高雅超脱、实则浅薄庸俗的山人名士;第三十一至三十七回,正面叙写杜少卿、迟衡山、庄绍光、虞育德四位真儒复兴儒家礼仪,在南京重修泰伯祠;第三十八至五十五回,叙写在日常生活中实践儒家思想的失败。《儒林外史》在结构方式上,虽说是长篇,其实由多个人物列传组成,而以"功名富贵"统摄全书各个部分。在叙事方式上,《儒林外史》改变了传统小说的拟说书人口吻,采取了史传常见的客观叙事方式,尽量不直接评价人物,只是用事实和人物言行说话。将讽刺融于不动声色的客观叙述之中,讽刺的意味通过情节的发展自然流露出来。这种杰出的讽刺艺术,后来小说能达此境的极少。

曹雪芹(约1715—约1763),名霑,字梦阮,号雪芹。祖籍辽阳(今属辽宁省),一说丰润(今属河北省)。《红楼梦》前八十回是曹雪芹所写,后四十回一般认为是程伟元、高鹗补订而成。《红楼梦》的版本,可以分为八十回本、一百二十回本、混合本三大系统。《红楼梦》以贾府这一世代富贵之家、诗礼簪缨之族由盛而衰为背景,以贾宝玉与林黛玉、薛宝钗的爱情婚姻悲剧为中心情节,同时还描写了一群青年女子的悲剧命运。《红楼梦》是中国古代小说艺术的顶峰,它在艺术上的巨大成就首先表现在它通过全方位的网状结构和灵活自如的视角调度，构成了一个和真实生活似乎一样的艺术空间。其次表现在人物塑造上，《红楼梦》为闺阁立传，曹雪芹不仅能够异常分明地写出她们的个性，而且对于某些性格比较类似而又有所差异的细微特征，也能纤毫毕露地镂刻出来，写出了人物性格的丰富性。在人物语言的表现方面，《红楼梦》是继《水浒传》之后我国古典小说的又一个最高典范。《红楼梦》以北方口语为基础，洗炼、自然和富于表现力。此外，《红楼梦》在叙事中穿插有较多诗、词、曲、骈文，能够与人物、情节融合为一体，成功地辅助了人物形象的塑造。《红楼梦》自问世后便受到人们的重视，当时有"开谈不说红楼梦，读尽诗书是枉然"之论。《红楼梦》的续书之多，在中国古代长篇小说中也是破记录的。嘉庆、道光时期是续作的高峰期，已知的就有11部之多。《红楼梦》研究，今日已经形成一种专门的学问，人称"红学"。

　　清代中后期小说继续发展，并出现了新的题材。首先是乾嘉之际的几部长篇小说，李百川的《绿野仙踪》融神魔、武侠、世情小说为一炉，开拓了小说创作的新方式。夏敬渠的《野叟曝言》和李汝珍的《镜花缘》受到乾嘉朴学之风的影响，形成了以学问为小说的形态。其次，乾隆、嘉庆之际，公案小说与侠义小说合流，代表作有《施公案》《三侠五义》，而文康的《儿女英雄传》以生动流畅、诙谐风趣的北京口语，不论叙事语言还是人物语言，都写得鲜活灵动，被视为京味小说的滥觞。第三是狭邪小说，叙风流才子与娼妓、优伶的故事。这类小说始于道光年间陈森的《品花宝鉴》，其中保存了不少珍贵的梨园史料。同类作品还有魏秀仁的《花月痕》和俞达的《青楼梦》，光绪年间韩邦庆的《海上花列传》用苏州话写成，其叙事用穿插闪藏之法，成为狭邪小说的压卷之作。第四是谴责小说，抨击时政、揭露世情弊恶。李宝嘉的《官场现形记》、吴沃尧的《二十年目睹之怪现状》、刘鹗的《老残游记》和曾朴的《孽海花》并称"晚清四大谴责小说"。这类小说上承讽刺小说的传统，以漫画式的夸张手法暴露社会黑暗面，但往往辞气浮露，艺术上缺乏蕴藉含蓄。

第六节 俗文学的繁盛

俗文学，在我国有着悠久的传统，范围十分广泛，歌谣、词曲、小说、传说，可谓无所不包。发展至清代，俗文学的种类繁多，又以说唱文学成就最高，流传最广。鼓词和弹词，作为南、北方说唱艺术的代表形式，时至今日，仍不减其文学和艺术的魅力。

弹词是清代江南吴语地区最负盛名的说唱文学形式。因其作者、观众均为女性，弹词被认为是女性的读物。文学成就最高的作品，有陶贞怀的《天雨花》、陈端生的《再生缘》、邱心如的《笔生花》、李桂玉的《榴花梦》、汪藕裳的《子虚记》。女性作者在弹词作品中赋予女性角色经天纬地之材，她们的能力足以与男性分庭抗礼，显示出强烈的女性意识。女性的弹词创作，充分展现了女性的理想与心理，可借以重新构建清代闺阁女性的生活和世界。

木鱼书，又称摸鱼歌，是在广府地区流行的，以粤语进行表演的说唱形式。木鱼书大多是长篇连环本，清人选有"十才子书"，其中以《花笺记》《二荷花史》《珊瑚扇金锁鸳鸯记》三部，受到较高评价。《花笺记》还被译成英、德等文字流传西欧，歌德便曾阅读过。

鼓词流行于南北。北方鼓词主要流行于河北、河南、山东、辽宁以及北京、天津等地。南方主要有江苏的扬州鼓词和浙江的温州鼓词等。明末清初，文人贾凫西创作的《木皮散人鼓词》，是较为著名的鼓词作品。篇幅上，早期的鼓词都是"大书"，有一些只唱不说的称为"小段"。清代中期之后，长篇的鼓词因其过于冗长，而渐渐不受欢迎，由鼓词中摘出的短段"大鼓"，成为最为喜闻乐见的演出形式，根据流行地域的不同，有梅花大鼓、西河大鼓、京韵大鼓等不同的流派。

子弟书是清朝中晚期流行的一种曲艺艺术。它由旗人在乾隆初年创制、创作、演出和欣赏,并逐渐由内城大宅府邸流传到外城戏园茶馆,为京城之旗、汉民众所喜闻乐见。其文词清丽,音乐雅致,成为其备受欢迎的原因。子弟书保存有满族文学艺术的特色,反映了满汉两族在文化艺术上的交流。子弟书最为著名的两位作者,是早期的创作者罗松窗和韩小窗。子弟书的故事题材,大体可分为改编与现实生活两类。改编的作品,摘取流行小说、戏曲的一段情节加以敷衍,或取材时事生活中的一个画面加以描述。描写现实生活之作品,多以满人生活为题材。黄仕忠等编纂的《子弟书全集》,收录子弟书520余种,存目70余种,是迄今为止篇目最为完备的子弟书整理文本。

快书源自子弟书,形成于清朝中期,在同治、光绪年间曾经流行于北京、天津、河北等地,至今仍有传唱。快书由诗篇、书头、春云板、流水板、诗白、话白和联珠调7个部分组成。从现存快书看,它的主要内容以英雄故事为主。配合内容,快书的曲调也多慷慨激昂,节奏明快。目前存世的快书曲本之中,内容以改编自三国故事的最多,计有18种。